一位母亲、一个儿子,关于生命、爱和失去的对话

THE
RAINBOW
COMES
AND GOES

彩虹来了又走了

［美］安德森·库珀 Anderson Cooper   葛洛莉娅·范德比尔特 Gloria Vanderbilt ——— 著

王岑卉 ——— 译

南海出版公司

前言

我人生中最有意义的一年

我的母亲，来自一个早已消逝的世界，一个不复存在的时代。我向来把她想象成滞留此地的访客，来自遥远星系的使者。很久很久以前，她来自的那颗星星就已燃烧殆尽。

她名叫葛洛莉娅·范德比尔特。我年轻的时候，总是试图隐藏这个事实，不是因为我羞于承认——绝对不是——而是因为，我希望大家在知道我是她儿子之前，先了解我这个人。

"范德比尔特"是个赫赫有名的大姓，我很高兴不用背负这个姓氏。我更喜欢"库珀"。这个姓没那么麻烦，聊天时被介绍给别人的时候，不会出现令人尴尬的停顿。说真的，"范德比尔特"这个姓有历史，也有包袱。就算你不知道我妈妈那精彩纷呈的人生，单凭这个名字，就足以让普通人产生种种期待和预设了。然而，她真正的人生并不是你想象的那样。

我妈妈的成名时间之长，超过现今在世的任何一个人。她一出生就登上了头版头条，不管是好是坏吧，总之她此后一直活在聚光灯下。她的成功和失败都摆在台面上，供人们评头论足。她经历过种种人生，做过演员、艺术家、设计师和作家。她拥有过巨额财产，后来被骗光钱财，又凭一己之力东山再起。她惨遭虐待，缺父少母，丈夫早逝，儿子自杀，经历了无数伤痛和背叛。如果换作其他任何人，缺乏她的坚强意志，可能早就一蹶不振了。

她是个幸存者，但不像其他幸存者那样铁石心肠。她是我认识的人里最坚强的，但铁石心肠？那可说不上。她从未长出厚厚的盔甲，变得麻木不仁。她选择保持柔弱，对新的冒险和新的可能性敞开心扉。正因为如此，她是我认识的人里心态最年轻的。

我妈妈现年九十二岁，但她看起来一点儿也不像这么大年纪的人，她也不觉得自己是这么大年纪的人。人们常夸年纪大的人"像过去一样敏锐"，但我妈妈比过去更敏锐。她对自己的过往经历洞若观火。过去牵挂纠结的小事，如今已不再重要。她对自己的人生理解透彻，而我才刚开始感悟人生。

2015年年初，过九十一岁生日前的几个星期，妈妈得了呼吸道感染，始终没有痊愈。这是她这辈子头一回身患重病。她没有告诉我她的感觉有多糟。当时，我正要飞往海外做报道，登机前才打电话给她，告诉她我马上要走了。为了不让她担心，我像往常一样，等到最后一刻才打电话。她一接起电话，我马上意识到情况不妙——她呼吸短促，几乎说不出话来。

真希望能告诉你,我立刻取消行程,赶回了她身边。但我没有这么做。我根本没想过她会身患重病,也许这个想法掠过了心头,我只是不愿继续往下想。我正要去海外做报道,我的团队已经先行启程,这个时候叫停已经来不及了。

我离开后不久,她就被紧急送往医院。这是我回国后才知道的,而当时她已经出院回家了。

接下来的几个月里,她深受哮喘的折磨,呼吸道感染一直没有好转。有些时候,她连走路都走不稳。她的身手不再矫健,动作不再敏捷,有好些天甚至下不了床,这些都是她难以接受的。她的几位密友在前段时间相继过世,她这辈子头一次感觉到"岁月不饶人"。

"我还想再多活几年呢。"她告诉我,"我还想多创造点东西,想知道世界会变成什么样子,未来会发生什么事。"

随着她九十一岁生日的临近,我开始思考我们母子俩的关系——从我儿时到现在,我们母子俩的关系。我开始怀疑,我们真的够亲密无间吗?

爸爸和哥哥去世后,留下我们母子俩相依为命。我们以各自不同的方式应对丧亲之痛。爸爸是1978年去世的,当时我十岁。哥哥卡特在1988年自杀身亡,当时我二十一岁。在那之后,我的直系亲属只剩下妈妈一个人了。在伴我长大的至亲里,她是唯一尚在人世的。

我们之间的关系不是传统的母子关系。我妈妈不是那种你会去寻求学习或工作建议的家长。她拥有的是来之不易的真理。唯有经历过跌宕起伏、体验过爱与失落、欢喜与悲伤、梦想与心碎的人，才能有这样的领悟。

但在我的成长过程中，妈妈甚少谈及自己的人生。她的过去始终是个谜。她的父母和祖父母在我出生前就去世了。对于她动荡不安的童年，或是她遇到爸爸之前的经历，我可谓一无所知。而正是那些形形色色的事件，将她塑造成了如今的模样。即使在我成年之后，她身上还有许多东西是我不了解的——比如，她过往的经历，还有得到的教训。大多数情况下，是因为我从来没有开口问起过。她对我的事也知之甚少。人在年轻的时候，往往会对父母有所保留，要么是感到尴尬，要么是心怀怨恨，在这上面浪费了太多的时间。

我们长大成人后，情况会有所改变。但我们通常不会去寻找新的沟通方式，只会避免讨论复杂的议题，免得碰上棘手的问题。我们总觉得时间还多得很，到时候再说也不迟。然而，世事无常，很可能到最后就来不及了。

我不希望有话来不及对妈妈说。因此，在她九十一岁生日当天，我决定和她开启一番全新的对话，探讨她的人生。探讨的不是琐碎无聊的细节，而是真正重要的东西——她的人生经历中我不知道或不了解的那些。

我们通过电子邮件聊了起来，持续了将近一年时间。妈妈刚刚开始用电子邮件。起初，她的邮件只有简单的一两行。后来，随着她渐渐习惯用电脑打字，邮件也越写越详细，越写越具体。正如你将在下面读到的，那是极其私密的回忆。她告诉了我许多从未当面说出口的事。

生日当天早上，她给我发来了第一封电子邮件。

九十一年前的今天，我来到了人世。

我想起了葛楚德姑妈写给我的一封信。那是很久很久以前，我在生日当天收到的。

"想想看，你今天就满十七岁了！"她写道。

而今天，我已经整整九十一岁了——比那时睿智得多，但内心深处还是十七岁。

人生的答案是什么？

人生的秘诀是什么？

真有所谓的秘诀吗？

那封邮件和那三个问题，为我们的对话拉开了序幕，最终彻底改变了我们的母子关系。在那之前，我们双方都没有料到，我们母子俩竟能变得如此亲密无间。

我想，许多父母都希望和成年子女展开这样一番对话。而这番对话，让过去的一年成了我人生中最有意义的一年。通过打破我们之间那堵沉默的高墙，我以超乎想象的方式，加深了对妈妈乃至我自己的了解。

现在我明白了，对于生命中重要的人——无论是父母、孩子，还是爱人、朋友——想要改变和他们的关系，永远都不嫌晚。你只需要敞开心扉，卸下伪装，放下始终无法释怀的成见，还有长久以来的轻蔑态度。

我希望，接下来的内容会对你有所启迪，让你重新思考自己和周围人的关系，也许还能帮你和挚爱之人展开全新的对话。

毕竟，此时不做，更待何时？

目　录

一　人生：曲折离奇的过往　　001

二　孤岛：困惑、挣扎与领悟　　036

三　成长：狂喜与悲伤　　077

四　家庭：关于爱与失去　　133

五　伤痛：与过往和解　　168

六　生活：爱就是一切　　184

后记　把梦想变成现实　　208

一　人生：曲折离奇的过往

母：今早醒来后，我想起了过去的一幕。十七岁生日那天，我沿着麦迪逊大道大步前行，急着去见男友。

我能感觉到小女孩的那股兴奋劲，那股期待劲。那一瞬间，我仿佛回到了十七岁。

但我已经不是十七岁，而是九十一岁了。

我再也不能迈开大步，再也不能匆匆前行。那时，我不知道，如果人活得足够久，竟然会连这些小事都做不到。十七岁的时候，我从来没有想过这个。随着岁月的流逝，我也没有想过这个。我知道"老去"这种事会发生，但只是发生在别人身上，而不是发生在我身上。也许那是因为，我跟大多数人不一样，从小就缺父少母，也没有兄弟姐妹。我没有经历过从生到死的循环。

对于活到九十一岁，我的第一反应是惊讶。怎么这么快？我真的准备好了吗？

既然已经九十一岁了，那就意味着我接近了人生的终点，在世上的时间已经不多了。我能英勇无畏地冲过终点，给挚爱之人留下美好回忆，离开人世后还能给予他们力量吗？

直到今年染上流感、患上哮喘之前，我都坚信美好时光还在前面等着我。上帝保佑，我这辈子都活得健健康康的。发现自己竟然躺在担架上，被救护车送往纽约医院，我一时间惊呆了。三十七年前，你爸爸怀亚特·库珀就是被救护车送往纽约医院，在那里咽下最后一口气的。

得哮喘的感觉简直糟透了，就像被止血带缠住了喉咙。你会喘不上气来，感觉近乎窒息，忍不住想："难道一辈子就这么结束了？这就是我的死法？噢，上帝啊，行行好，我还不想死呢。"没错，全是些陈词滥调，可是千真万确。现在我明白了，健康才是最宝贵的财富。只要拥有健康，你就能独立自主，掌控人生。病魔会攫取你的灵魂，让你时而充满希望，时而沮丧失望，担心自己永远不会好起来。过去、现在和未来的我都将不复存在。我孤苦无依，独自面对这个终极事实。

我还有好多事没做完呢，身体怎么能在这个时候背叛我？你懂的，背叛你的不是年纪，而是身体。随着身体状况不断恶化，你的精力会渐渐流失。最后，你会只关注自己的健康，关注身体的每个变化，每处疼痛。你会把时间浪费在看医生上，而不是用于工作和生活。

你知道英国诗人阿尔加侬·查尔斯·斯温伯恩的那首诗吗？

> 抛开生命的痴恋，
> 舍弃希望与恐惧，
> 谨以简短的祈祷，
> 感谢冥冥的上苍；
> 所幸生命有尽期，
> 逝者长眠不复醒，
> 纵使河川长逶迤，
> 终将安然入海流。

时光将引领我们往何处去，答案人人心知肚明。人生道路的终点并非机密。我们手牵着手，以蜗牛的速度缓慢前行，步履不停地朝着同一个方向、同一个终点走去。

死亡。

在日记里写下这两个字的时候，我在纸上留下了一团污渍。你无法否认，也无法逃避。我越是努力擦拭，那团污渍就越明显。其他任何东西都不像它这么真实可靠，这么确凿无疑。死亡就像出生一样不可避免，它是我们为出生付出的代价。

至于我们会怎么死去，那就是另外一回事了。要是身患绝症，我们可以选择自行了断。但在内心深处，我始终坚信，自己会在睡梦中安然逝去。

我还有个模糊而疯狂的幻想,希望死亡不会降临在我身上。我这种不靠谱的乐观精神,大概是从外婆劳拉·戴尔芬·基尔帕特里克·摩根那里继承来的。我一直喊她"姥姥"。她的遗嘱里白纸黑字地写着,她下葬前四天,要请两位修女轮流守着她敞开的棺木,确保她没有突然睁眼,确保她真的死透了。

不管是不是真的准备好了,我都心知肚明,总有一天"你"和"我"都将不复存在。等那一天到来,我们都将被抛进无尽时空,再也无法回头。

不过别担心,我的病已经见好了。昨天晚上,我梦见自己飞上了几千亿英里外的冥王星,就是科学家派出航天器给它拍照的那颗矮行星。简直是小意思。

子:摩根太姥姥让修女在她的棺材旁边守上四天,确保她真的死透了?我都不知道还能找修女来做这个呢!

我没法想象活到九十一岁会是什么样子。我还有几个月才四十八岁,但直到现在都没法接受呢。我以前没告诉过您,但我一直觉得自己最多活到五十岁,因为爸爸就是这个年纪去世的。

医生反复向我保证,我会健健康康活过五十岁,但我一直半信半疑。觉得自己最多活到五十岁的好处在于,这会激励你在年轻时多做点事,我是打算这么做的,但现在"长命百岁"的前景让我对之前的计划不确定了。

显然，我没能继承摩根太姥姥的乐观精神。我知道，您小时候跟她很亲，但除此以外，我对她基本一无所知。

我一直挺好奇的，为什么我们从小到大，您从来没说起过去的经历。我和卡特六七岁的时候，已经对爸爸的童年经历了如指掌，知道他是在密西西比州小镇奎特曼的农场里长大的。他经常说起他的兄弟姐妹，还有他们大家庭的故事。他跟我们说过他和父亲的纠结关系，还有他跟故乡的紧密联系，但您从没提起过您的家人。您是觉得提起这个话题太难吗？

母：我从没想过跟你或卡特说起我的童年。我的早年生活混乱不堪，充斥着奇闻异事和毫不真实的细枝末节，要想把它们有条理地讲出来，就像要把弗兰兹·卡夫卡的《审判》（*The Trial*）和桑顿·怀尔德的《我们的小镇》（*Our Town*）凑到一块儿。

况且，除了给你们说些有趣的故事，你爸爸还能用别的东西展示童年——他是个伟大的摄影师，拍了好几百张照片，可以用来解释他提到的人和事。那些照片里的人盯着相机，个个素面朝天，毫不忸怩。我不禁想到，要是他们知道我的童年有多混乱，会对我怎么看。

当然了，我跟你爸爸讲过我的经历。但试图解释那种种感受，只让我觉得疲惫不堪。那些感受都浮于表面，没有直击内核。

如果给我深爱的男人解释起来都这么难，那我要怎么解释给自己的孩子听？

我一直不习惯跟别人谈论我的想法和感受。我小时候，大人不常跟孩子沟通。我需要时间，分析自己周围发生的事，弄清别人做事的动机。我小时候并没有意识到他们背后的动机。

我第一次去看心理医生的时候大概二十七岁。我坐在医生的办公室里，对他说："我来了，但有一件事我不想聊——我母亲。"

这当然挺可笑，因为这才是我想聊的东西。从许多方面来看，我当时仍然对母亲充满恐惧。老去的好处在于，这种恐惧现在已经消失了。

后来，我换了个心理医生，从他那里获得了奇妙的体验。二十世纪六十年代，服用致幻剂 LSD 被视为一种神奇的新疗法，能让患者深入潜意识中尚未被发掘的区域。医生问我想不想在他的监督下试一试，我急切地答应下来。

直到今天，那次体验还让我记忆犹新，似乎它就发生在几小时之前。

我发现自己回到了1925年，变回了小婴儿，躺在纽波特我父亲家里的婴儿床上，他则奄奄一息地躺在隔壁。我听见脚步声穿过走廊，房门打开又关上，人们大声呼喊。那是个夜晚，我知道某些可怕的事即将发生。我相信，只要我能逃出婴儿床，跑到爸爸身边，就能阻止那件事发生。但我仰面躺在黑暗之中，紧握双拳，什么也做不了。

突然之间，周围安静下来。我的房门开了，走廊的灯光映出两个人影，我亲爱的保姆朵朵，还有我父亲的母亲——我的祖母范德比尔特。她们站在那儿,脸凑得很近,在一片寂静中窃窃私语。我哇哇大哭,扒着婴儿床的围栏站起来,仍然相信只要我能跑到父亲身边,就能把他救回来。朵朵伸手抱起我,轻轻摇晃,祖母拍了拍我,但我仍然大哭不止。不过,她们没有把我带去父亲身边。我被泪水噎住了喉咙,什么也说不出来。

服用致幻剂的体验改变了我的人生道路。它让我在经过十五年的疏离后跟母亲和解,开始把过去零零碎碎的经历拼凑到一起。

* * *

在你接着往下读之前,我想简单介绍一下妈妈的家族背景,好让你理解她提到的一些事。其中许多事我也是第一次听说。我不得不翻查历史书,因为她从没对我提起过。

我母亲1924年生于一个豪富之家,全名葛洛莉娅·劳拉·范德比尔特。范德比尔特家族中第一个抵达美国的人叫扬·埃特森。他是个契约仆人,为了逃离欧洲的贫困生活,1650年来到位于新阿姆斯特丹的荷兰定居点。他在斯塔滕岛上安了家,他的子孙后代在那里住了近一个世纪,直到扬·埃特森的六世孙科尼利尔斯·范德比尔特彻底扭转了家族命运。

科尼利尔斯十一岁辍学,到父亲的摆渡船上打工,在斯塔滕岛和曼哈顿岛之间运送乘客和货物。十六岁的时候,他开着一艘二桅小帆船在曼哈顿附近水域做起了自己的小生意。科尼利尔斯是个精明的商人，最后进入了汽船航运业。

他为人节俭，工作起来不知疲倦，通过购买房地产和铁路线不断扩展他的商业帝国。他把购买的铁路连接起来，创建了纽约中央铁路。他1877年去世的时候，已经是当时最有钱的超级富豪，身价超过一亿美元，相当于今天两千多亿美元。

我的外祖父雷金纳德·克莱普尔·范德比尔特是科尼利尔斯的玄孙。二十一岁的时候，他从家族信托基金中继承了数百万美元，但并没有继承科尼利尔斯的工作理念。雷金纳德热爱马匹、赌博和酒精。他1925年死于肝硬化，时年四十五岁，当时我母亲才十五个月大。

我的外祖母葛洛莉娅·摩根是雷金纳德的第二任妻子，是他去世前两年嫁给他的。她生下我母亲时才十八岁，对做寡妇或是做家长都毫无准备。

跟当时的许多富家子女一样，我母亲被交给了保姆照顾。那个保姆名叫埃玛·凯斯利奇，但我母亲一直喊她"朵朵"。她是我母亲青少年时期最重要的人。

* * *

在成长过程中，你不会怀念自己从未拥有的东西，但终其一生，对于你从未拥有的东西，渴望是无可避免的。

——苏珊·桑塔格

母：小时候，你通常不会意识到自己的家庭与众不同。因为你没有参照物。长大以后，你才会发现，自己的成长经历跟别人不一样。

我十五个月大的时候，父亲就去世了。我没有关于他的记忆，也没有想到过他。直到后来，我才意识到孩子没有父亲绝非常事。他一直是相框里的一张照片。我渐渐长大，开始对他感到好奇。但除了朵朵，没人提起过他的名字。

朵朵告诉我，他"很有魅力"，喜欢马，但也仅此而已。他爱我吗？我没敢问，她也从来没说过。

后来，等我二十多岁的时候，朵朵给了我一枚蓝宝石戒指。她说，我还是个小婴儿的时候，我父亲给了她这枚戒指，说："收好，等葛洛莉娅长大了给她，她会喜欢小首饰的。"

对，他说得没错。

我激动极了。这是他留下的讯息，是我期待已久的暗示，说明他真的爱我。但这个故事有点奇怪，不像真的。后来，我把戒指拿去投保，才知道上面的蓝宝石是假的。

我父亲是个酒鬼。也许在某个自我膨胀的时刻，出于某种多愁善感的冲动，被某些朦胧的幻想蒙蔽了双眼，他找到朵朵，给了她这枚戒指。但如果是这样，戒指从哪来的呢？

我什么也没跟朵朵说。戒指可能是我父亲给的,也可能是朵朵给的,是她善意的表示,向我证明父亲真的在乎我。

你出生后不久,我和你父亲住在六十七街的时候,不幸遭遇抢劫,那枚戒指和其他首饰一起被偷走了。我再也没见过它。

子:您常常引用女作家玛丽·戈登的一句话:"缺少父亲的女孩会觉得一切皆有可能,但没有什么是安全的。"

我一直不懂这句话是什么意思,也不明白这跟您有什么关系。现在我明白了。我觉得缺少父亲的男孩也是一样。我当然会觉得,这句话也适用于我。

如果你从小失去父母,童年的幻象就会消失。神秘的面纱被掀开了。你知道坏事会发生,再多的哭泣和拥抱也不会让一切好起来。一切皆有可能,但没有什么是安全的——美好的事物是这样,丑恶的事物也是这样。

同样是十岁那年,我们以不同的方式学到了这一课。您遭遇了上头条的监护权大战,我则遭遇了丧父之痛。爸爸去世后,我完全变了个人,不再是原来的我,也不再是我本该成为的那个人了。我想,监护权大战尘埃落定后,您也经历了同样的变化。

爸爸去世后,我缩回了自己的"壳"里,不愿跟别人打交道。等从"壳"里探出头来的时候,我已经完全变了样,变得更安静,也更严肃了。我变成了周遭世界的旁观者,而不是参与者。在那之后,我再也没有感到安全。

母:"我怀疑,缺少父亲的女孩容易陷入狂热的迷恋。由于在成长过程中没人保护,无法在熟人身上看到权威形象,她们只能通过英勇、绝望、极端的行为获得满足。缺少父亲的女孩会觉得一切皆有可能,但没有什么是安全的。"

这是玛丽·戈登的小说《有女为伴》(*The Company of Women*)里完整的说法。我第一次读到这段话的时候,就知道这是我人生的根基。它能解释我无意中采取的许多做法。我根本没有意识到,我的人生抉择是基于这个做出的。即使到今天,我早已意识到这一点,情况仍然没有改变。

有很长一段时间,我并不清楚缺少父亲对我的影响。直到许多年后,我才意识到这一点。如今,一切都清晰明了。回首往事,我一次又一次发现,我做出的决定、追随的冲动、爱上的男人,全都源于父亲的缺席。

我常常幻想,父亲给我留下了一封信,或是许多封信,会在我人生中的关键时刻交到我手上。我至今心存希望,等着那样一封信出现。

子:真有趣,您幻想他给您写了信。有好长一段时间,我也抱着同样的幻想,想象会收到爸爸写的信。这也许听起来挺傻的,但直到今天,每当看到一大堆待拆信件,我都会忍不住这么想。这每每让我悲从中来。

我一直心存希望，认为他确实写过这么一封信，会解释所有我想了解的关于他的事，所有我希望他有时间告诉我的事。

几个月前，我给您发了封邮件，里面是他1976年接受公共电台采访时的录音。钟楼电台修复了那段录音，发布在了网上。

我坐在办公室里，突然听见桌上的音箱里传出他的声音，那种感觉真奇怪。那是我十岁以后第一次听见他的声音。他听起来并不像我记忆中的样子。如果不是事先知道，我压根听不出他的声音。他在聊我和卡特，还有我们父子间的亲密关系。我忍不住心想，不知他看见现在的我会怎么想，如果他还在世，我们之间的关系会是什么样。

他在我的生命中只存在了一小段时间，但我没有一天不会想起他，没有一天不在思念他。直到今天，失去他的痛苦还是那么强烈。我至今还能感觉到，他骤然离世带给我的愤怒。那是十岁男孩突然发现"一切皆有可能，但没有什么是安全的"的时候，那种毫不理智的愤怒。

母：虽然你早早丧父，但在你十岁以前，他是你生命中最重要的人。据说，虽然人的大脑在二十岁前并没有发育成熟，但生命中的头七年对未来发展至关重要。你爸爸为你打下了坚实的基础，给了你他从一出生就感受到的家庭纽带。

这些是我没法给你的，因为我自己就没感受过。我跟任何人、任何地方都没有这种纽带，只有来自往昔的小小纪念品——我父亲的烟盒、我母亲的画笔，还有镶在相框里的全家福。这是我属于某个家庭的唯一证据，虽然我常常觉得自己是个冒牌货。

如今，你来探望我的时候，我会把这些东西指给你看。这是我在用自己的方式给你讲述我的人生经历。因为我常常希望，朵朵、姥姥和其他人会用这种方式给我讲故事。每个人的人生都是一个故事，这些纪念品是故事的一部分——这是我的故事，也是你的故事，因为你是我儿子。

我写下这段话的时候，正看着父亲的一张照片。那个我根本不了解的男人，就镶在我桌上的银色相框里。我不止一次给他写信，想象把它塞进瓶子，紧紧封牢，穿过几个街区，走到东河边，然后抡圆胳膊，把它扔进滚滚急流之中。

哦老爸，可怜的老爸，老妈把你挂进衣橱里，我好难过
——美国剧作家亚瑟·寇皮特创作的一部话剧的标题

爸爸：

写下这两个字的感觉真奇怪。毕竟，我是在给一个陌生人写信。我十五个月大的时候，您就离开了——您别无选择——这一点我很清楚。不过，您还是离开了，只留下一张照片让我"倾诉烦恼"，就像欧文·柏林歌里唱的那样。这算哪门子的安慰？照片里是个陌生人，小心翼翼地抱着一个柔弱的婴儿，生怕失手把

她摔伤了。

这么说对您不公平？当然没错，但当我想发泄挫败感的时候，这张照片是我手里唯一实实在在的证据。我很愤怒，因为我刚出生没多久，您就不在了，只留下我默默沉沦，像一艘没舵也没帆的小船，不知要去往何方，才能找到安全的港湾。

不管读到这封信的是谁，你也许觉得父母双全是理所当然的，但并不是每个人都如此幸运——拥有父亲或者母亲。虽然我听起来似乎对父亲很生气，但其实我痴迷"父亲"这个概念，花了大把时间想象他会多爱我。这么多年来，我一直试图让年长的男人爱上我，以此证明这一点。

爸爸，您喜欢马。有好些年，我也装作喜欢它们。直到我学习跨越障碍的时候从马背上摔下来，才想：就算我不骑马了，您还是会爱我的。于是，我再也没有骑过马。不用再继续装下去了，让我长出了一口气。我放手了，再也不刻意讨您欢喜了。对我来说，您已经不在了。您过去没有陪在我身边，今后也不会出现在我身边。

爸爸，我不得不放手了。我好伤心，好难过，把您挂进衣橱里，我好难过。

直到今天，我们父女俩的合影还摆在我的梳妆台上。它再也不会让我难过了。尽管关于您的一切，我就只拥有这么多，永远也不会增加了。

"黑暗已足够明亮。"

您的爱女葛洛莉娅

* * *

雷金纳德·范德比尔特继承了数百万美元财产,但到他去世的时候,这笔钱已经所剩无几。他负债累累,没给妻子(也就是我的外祖母)留下几个钱。不过,有个价值五百万美元的家族信托基金是专为雷金纳德的子孙后代设立的。他去世后,这笔钱将由凯瑟琳·范德比尔特(他前一段婚姻留下的二十一岁女儿)和十五个月大的我母亲平分。不过,我母亲必须年满二十一岁才能收到属于她的那一份。

由于我的外祖母葛洛莉娅·摩根·范德比尔特当时年纪尚轻,尚不足以成为我母亲的合法监护人,信托基金交由纽约遗嘱检验法院的詹姆斯·弗利法官托管。我的外祖母每个月会收到四千美元的津贴,弗利法官允许她搬去巴黎,跟她的双胞胎妹妹塞尔玛、她们的母亲(摩根太姥姥)、我母亲和她的保姆朵朵同住。

* * *

母：父亲去世后，母亲从来没有跟我提过他，也没提过范德比尔特家族。她急匆匆离开纽波特，把我、朵朵和姥姥带到了巴黎。在巴黎，我们跟我母亲的双胞胎妹妹塞尔玛一起住在查尔斯弗罗奎兹大道。我们有栋豪宅，朵朵、姥姥和我住一层，我母亲和塞尔玛住另一层。

母亲忙于社交，每天都要奔赴不同的午餐会、鸡尾酒会、晚餐会和俱乐部。虽然姥姥、朵朵和我跟她住在同一栋房子里，但感觉好像并没有。我们像两家人合住一栋房子，我们住在一层，一个只能短暂地瞥一眼的美丽的陌生人——我母亲，占据了其余的空间。

虽然我很少见到母亲，但我有朵朵和姥姥，我过得很开心。从我呱呱落地的那一刻起，朵朵就陪在我身边。母亲生我时是剖腹产，我一离开她的子宫，就被送进了朵朵怀里。我娇嫩的小身子在她怀里扎了根，找到了家。朵朵的声音是我在世间听到的第一个声音。姥姥的是第二个。我需要的"家"有她们就够了。

在年幼的我眼中，她们才是父母——朵朵是母亲，姥姥是父亲。

她们就是我的父母，她们的爱像襁褓一样包裹着我。而我"真正的"父母在我出生后不久就去欧洲度假了，一走就是十个月。我不过是个小婴儿，他们觉得陪着我纯属浪费时间。

该怎么描述朵朵呢？有时候，她像羊毛堆成的大山，我可以整个陷在里面；有时候，她又像根深叶茂的大树，不管白天还是黑夜，不管风雨多么猛烈，谁也不能把我从她身边拽开。在后来的岁月里，我只要跟她待在同一个房间里，不用说一句话，就能感到无比安全。

姥姥也能给我安全感，但方式有所不同。她感情奔放，而且毫不掩饰，总是喋喋不休，表达对我的爱。她的嗓音听起来像鸟叫和响板的混合体。

我们在布洛涅森林里散步的时候，我看见男男女女推着婴儿车漫步，要么就是跟孩子们一起做游戏。孩子们喊他们"爸爸""妈妈"，看起来似乎很了解他们。直到那时，我才意识到，如果父亲没有"上天堂"（朵朵是这么告诉我的），我的生活会是什么样子。但当时我并不觉得自己缺了什么，或是错过了什么。那种感觉是后来才有的。

子：您刚出生父母就出去度假了？一走就是十个月？真是难以置信！我知道，当时的有钱人会把孩子交给保姆抚养，这没什么特别的，但很难想象，当妈妈的对花时间陪孩子完全没兴趣。

等您长大一些，跟她一起住在巴黎的时候，情况有没有变化？她开始对您感兴趣了吗？

母：我们到欧洲的第一年，塞尔玛姨妈跟我们一起住，她和我母亲总是出门找乐子。我看见她们的时候，她们通常都是正准备出门，去参加晚宴或者派对。她们长得一模一样，我都分不出谁是谁。

她们美得令人窒息，我多希望长大后能跟她们一样美！我坚信，如果能长得那么美，我就能掌控一切，一切会好起来。不，不光是好起来，一切都会完美无缺。我渴望变成我母亲，但她总是遥不可及。

女仆玛丽帮母亲收拾衣服的时候，有时会允许我上顶层玩一会儿。那是我跟母亲离得最近的时候。我发现，那些裙子的面料如此柔软。我还记得自己把手伸进衣橱，轻轻抚摸一条奶黄色的天鹅绒长裙。那种颜色我后来再也没见过，也没能在画布上重现，但它在我的脑海里清晰如故。我把裙子贴在脸上，深深吸了一口气，我母亲梳妆台上娇兰"一千零一夜"香水的气味萦绕不去。我多渴望能抱住她啊！我紧紧攥住那柔软的面料，把裙子扯向自己身边。

"别！别呀！葛洛莉娅小姐，别任性！"玛丽气呼呼地大吼，生怕我在天鹅绒面料上留下指印。而我呢，只希望母亲爱我。

子：我都不知道您小时候在欧洲待了那么久。不知为什么，我总以为只有一两年呢。您的塞尔玛姨妈一直和你们住在一起吗？

母：我在欧洲住到八岁，但我们经常搬来搬去。塞尔玛姨妈嫁给了马默杜克·弗内斯爵士，一个非常富有的英国贵族。她搬进了位于伦敦的豪宅，在梅尔顿莫布雷附近还有座乡间庄园。

虽然我对母亲没有太多记忆，但在巴黎，有许多关于姥姥和朵朵的回忆。她们在浴室里窃窃私语，里面亮着灯，半掩着门。我怕黑，所以她们把我送上床以后，会一直陪到我睡着。我会躺在床上，入迷地听着灯泡发出的嘶嘶声。楼下街道的车灯时不时扫过天花板，我就紧紧盯着那里看。我以为，只要我躺着不动，坏事就不会发生。所以，我就这么做了。最后，我渐渐进入了梦乡。

现在我意识到，那是她们两人密谋的开端。姥姥是个战略家，崇拜拿破仑，床头总是摆着德国作家埃米尔·路德维希写的《拿破仑传》。书里对她有特殊意义的段落，统统被她画上了下划线。我搞不清她是什么时候想出那个计划的，但没过多久，她和朵朵的密谋时间就不限于晚上了。这种情况一直持续到了她们带我上公园的那一天。

她们说起了一位名叫弗里德尔·霍恩洛厄的德国亲王，他是英国维多利亚女王的曾孙。我母亲在跟他谈恋爱，还打算嫁给他，带我住进他在德国的城堡。姥姥讨厌德国人，想找个办法破坏这段恋情，并让我远离我母亲。

"她是美国姑娘，应该跟美国的家人住在一起，在美国长大。"她总是这么说。

朵朵也常常跟我说起"去见你的家人"。

我不明白她们在说什么。我已经见到家人了呀。朵朵和姥姥就是我的家人。

子：我不知道，您母亲有没有像您一样，将朵朵视为家庭成员。我猜大概不会吧。孩子对事物的感知和成年人不一样，我一直觉得这个挺有趣的。

每当回想我生命中的头十年，回想起那时的家人时，我会想到您、爸爸、卡特，还有梅·麦克林顿——那个从我一出生就负责照顾我，说话做事直截了当的苏格兰保姆。她总是笑语晏晏，深爱我和卡特，将我们视为己出。她自己没有孩子，但她有我们，我们也有她。

现在回想起来，我才意识到，在生命中的头十年里，我并不怎么了解您。当然，我跟您要比您跟您母亲关系亲密得多，但您工作繁忙，经常出差。那时候，让您声名大噪的名牌牛仔裤还没问世，但在我小时候，您就在设计家居，经常在国内四处奔走，举办产品展示会。我认识斯坦和克里斯，就是您前一段婚姻中和交响乐指挥大师莱奥波德·斯托科夫斯基生的两个儿子，但当时他们已经搬出去住了，没给我留下多少印象。

我对六岁前住的那栋房子还有一丁点儿印象。那是一栋位于六十七街的石灰岩大楼，离公园大道不远，入口两侧摆着爸爸买的两尊石狮子。

那栋房子现在还在，不过成了大使宅邸。每次路过，我都会一阵心酸。爸爸在门外种下的紫藤还在，藤蔓还爬到了房子的另一侧。每次看见，我都会想起他。

屋里有宽敞的门厅，黑白相间的大理石地板，从屋子中央盘旋而上的楼梯。我只记得其中几个房间，都是您精心布置的。我还记得，您总把屋里的东西改来改去——更换椅面，粉刷墙面，挪动相框。

您用拼布装饰卧室。墙壁、地板、天花板，甚至家具上，全都铺满了拼布。走进卧室，就像走进了万花筒。

饭厅墙上贴着古色古香的中式壁纸，您经常在那里招待演员、艺术家、导演和作家。来访的客人有作家杜鲁门·卡波特、女明星丽莲·吉许、摄影师戈登·帕克斯、漫画家查尔斯·亚当斯和女演员丽莎·明尼里。虽然我和卡特年纪还小，但您让我们坐在桌边，跟那些人聊天。当时我并不觉得这有什么特别的，但这和您受到的抚养方式很不一样。

我还记得和卡特一起住的那个房间，在房子的顶层，梅就住在走廊的另一头。您告诉过我，我刚出生的时候，卡特很不高兴，虽然您生怕他因为不再是家里唯一的孩子而大受打击，尽可能提前帮他做了心理准备。当时的大部分照片里，我都笑得开心极了，卡特则咬着嘴唇，气鼓鼓的，不愿跟我这个胖乎乎的不速之客一起摆姿势拍照。

我性格外向，风趣滑稽。卡特则更聪明，更严肃，也更敏感。他从小热爱历史和文学，如饥似渴地读了许多相关书籍。我总是跟在他屁股后面，模仿他的一举一动，假装读同样的书，附和他的意见。卡特收集玩具士兵，我也跟着收集。我们会趴在卧室的地板上，玩上一整天的战争游戏：十字军大战土耳其人、德国人大战美国人、英国殖民军大战南非祖鲁人。

就算您在家里，我也感觉得出，扮演母亲的角色让您浑身不自在。我从不怀疑您对我的爱，但您总是那么悲伤，总是跟我们保持距离，似乎难以跨越那条鸿沟。爸爸则总是陪在我们身边，如鱼得水地扮演父亲的角色。我想，这有时会让您觉得自己不够称职。当然，我当时并不知道，您不曾有过真正的父母，也不曾有过安稳的家庭生活。

您是范德比尔特家族的成员,这在我看来没多大意义。我五六岁的时候,爸爸把科尼利尔斯·范德比尔特的塑像指给我,它就矗立在纽约中央车站外面。结果,我以为爷爷奶奶、外公外婆过世后都会变成塑像。

后来,我们班去参观自然历史博物馆,老师指着正门台阶上罗斯福总统的塑像,问有没有人知道他是谁。

我把手举得高高的:"我想那是我爷爷。"

我记得见过您家族旁系的几个表亲,可我搞不清我们之间是什么关系,也没有意识到您觉得跟他们紧密相连。现在我明白为什么了。因为在长大成人的过程中,您根本不知道他们的存在。

母:从朵朵和姥姥的只言片语里,我推测出范德比尔特家族富可敌国,但他们是谁呀?我长到快七岁,才知道父亲有个叫葛楚德·范德比尔特·惠特尼的姐姐,但不知道她住在哪里。我长到十五岁,才发现父亲还有个女儿,名叫凯瑟琳,是他前一段婚姻留下的。

我一直觉得自己姓"范德比尔特"是个天大的错误。我觉得自己是个冒牌货,是个"调换儿",也许刚出生就被调包了,是靠伪装混进家族的不速之客。对我来说,那种感觉从未消失。

子:我不得不去翻词典,才弄清"调换儿"是什么意思。在民间故事里,妖精会偷走漂亮的小孩,留下古怪的丑孩子。您提到过,摩根姥姥和朵朵的爱包裹着您，是什么让您有这种感觉？

母：该怎么解释呢？

我渴望和母亲建立联系，希望能感觉到我们是一家人，但始终没能吸引她的关注。我能意识到她的存在，尽管在我的记忆中，我和她一直不怎么亲近。我站在远处艳羡她的美貌，那是我永远无法抵达、无法触及的。对我来说，她是个神秘的陌生人。

我很早就知道，姥姥和朵朵非常关注我母亲的一举一动，一直在打探她身边发生的事。她们紧紧盯着她，经常小声聊她的事，所以我知道，就像法国人说的那样，我母亲才是真正的"一家之主"。说白了，姥姥和朵朵手里没有实权，所以时刻觉得不安。我们三个都如履薄冰。

我开始害怕母亲。有时候，我会黏着朵朵和姥姥，毫无理由地哇哇大哭，哪怕她们努力安慰也停不下来。姥姥和朵朵自己都是我母亲的附庸，怎么可能真的属于我，保护我？如果连她们都没法掌控局面，那我又怎么可能做到？也许我根本就不属于这里。也许很快我就会被从床上拖起来，抛上天花板，坠入楼下车灯投下的恐怖阴影。那不过是时间问题罢了。

子：我能理解，您并不了解您母亲。在您眼中，她是个难以捉摸的美人，总是跟双胞胎妹妹一起出去参加鸡尾酒会和晚宴。但您为什么会怕她呢？

母：这确实挺难理解，我也是很久以后才明白的。据我猜测，姥姥和朵朵怕我会被带去德国，可是敢怒不敢言。她们的愤怒和恐惧渐渐渗入了我心里。每天晚上，我躺在床上，听着她们窃窃私语，恐惧是从这个时候扎下根的。我知道，某件可怕的事即将发生，那件事跟我母亲有关——但具体是怎么回事，我也搞不清楚。

如果我和母亲更亲近一些，情况会完全不一样。但我跟她毫无联系。我对她的感觉，就是姥姥和朵朵对她的感觉。在接下来的几年里，我的恐惧愈演愈烈。

过了一阵子，我母亲厌倦了姥姥的干预，打算跟她保持距离，就让她搬去了附近的另一套公寓。我的外祖母觉得大权受到威胁，就更有动力送我回美国了。

我在欧洲各地搬来搬去，因为我母亲想参加派对，结交朋友。离开巴黎后，我们在戛纳租了房子——具体来说是两处房子，她跟米尔福德黑文侯爵夫人娜达和其他朋友住在一处，我和朵朵住在另一处。

后来，我和朵朵搬进了瑞士蒙特勒的一家酒店。过圣诞节的时候，我们去英国的梅尔顿莫布雷探望塞尔玛姨妈。当时，她已经嫁给了弗内斯爵士。那段婚姻并不美满，她一直跟英国王子爱德华保持婚外情，而王子是圣诞派对的贵宾。其他宾客进进出出，对王子的到来大惊小怪，因为大家都觉得他有朝一日会继承英国王位。

当然，为了迎娶华里丝·辛普森，他最终放弃了王位。事实上，还是塞尔玛姨妈把华里丝介绍给爱德华王子的。1934年，塞尔玛姨妈在外出旅行前，请朋友华里丝"代为照顾"王子。华里丝倒是蛮称职的。

那是个喜庆的节日，每天都有盛宴，客人来来去去，打扮得一个赛一个花哨。我在人群里看见了母亲，但我们实在隔得太远。

一天早上，我和朵朵待在我们的房间里。朵朵迅速爬起床，锁上通往走廊的门，让我坐在桌前。接着，她递给我一支笔，又拿出一张信纸，搁在我面前。我意识到这件事很严肃，因为她的脖子涨得通红，活像烤过的牛肉。她一激动就会这样。

她的声音听起来有些陌生，我从没听过她用这么严厉的口气说话："姥姥要你给她写封信，你就这么写：'亲爱的姥姥，妈妈叫我不要写信，但我才不要理她呢。她是个大怪勿。我很快就会回纽约了。爱你，吻你，亲爱的姥姥。葛洛莉娅。'"

发生了什么事？门怎么锁上了？朵朵怎么像变了个人似的？给姥姥写信？她不是也在梅尔顿莫布雷做客，就住在我们隔壁吗？朵朵还故意让我写错别字，把"怪物"写成"怪勿"，看起来更像是我写的，这是要干吗？

"不写。"我边说边把笔往地下一摔。

朵朵弯下腰，捡起笔，塞回我手里。

"写！就现在！马上写！要是你现在不写，不马上写，姥姥会特别特别生气的！"

朵朵浑身颤抖，但她提高了嗓门，拼命催我："她就在隔壁，等我把信拿过去,所以别问了。赶紧写!"

我一头雾水,对朵朵很生气,但最重要的是,我莫名其妙地对自己感到生气。最后,我还是乖乖照办了。

后来我才知道,这封信不过是整幅拼图中的一小块。姥姥和朵朵结成了同盟,打算把我送回美国,送回范德比尔特家族。她们认为我应该待在那里。在后来的监护权大战里,这封信浮出水面。这显然不是小小年纪的女孩子写得出的,我母亲的律师内森·博肯以此为证据,试图证明姥姥对我的操纵,以及她对自己女儿的背叛。

离开梅尔顿莫布雷之后,我和朵朵在英国乡间租了房子住,后来又搬回伦敦的萨沃伊酒店。接着,突然之间,我和姥姥、朵朵登上了一艘名为"庄严"号的轮船,奔向了美国和范德比尔特家族。

子:真是难以想象,摩根太姥姥会密谋对抗您母亲、她自己的女儿,害她失去监护权。她为什么要这么做?

母:我小时候非常崇拜姥姥,但现在觉得她心态有点失常。否则要怎么解释后来发生的事?她拥有马基雅维利《君主论》里提到的智慧和狡诈,为了达到目的不择手段。她一直把拿破仑视为偶像。我很想知道,是什么样的早年经历把她塑造成了女版拿破仑。如果我们今天能促膝长谈的话,她会透露自己的秘密吗?我觉得不会。

姥姥虽然是个虔诚的罗马天主教徒,但她崇拜的真神是金钱和地位。这也许能解释她为什么要精心策划，把这么多人的生活搞得一团糟。

姥姥1877年生于智利的圣地亚哥，全名劳拉·戴尔芬·基尔帕特里克。她父亲休·贾德森·基尔帕特里克是美国内战中臭名昭著的将领，后来被任命为美国驻智利总领事。她母亲路易莎·瓦帝维索来自智利的名门望族。我有好多本封面烫金的红色皮革剪贴簿，里面是姥姥专门收集的剪报，展示她多年来参加的数百场社交聚会。里面一页接着一页全是对盛大场景和出席人士（尤其是她）的详细描述。

姥姥一说起她认识的智利社交界名流就滔滔不绝，从这个说到那个，还总会装作不经意地提起，瓦帝维索家族跟天主教圣徒圣依纳爵·罗耀拉沾亲带故。

姥姥第一次和她母亲来到美国的时候，是个三十三岁尚未婚配的"老处女"，因为当时大多数女孩十来岁就结婚了。她在纽约遇到了外交官哈里·海斯·摩根，觉得他是个不错的对象，不久后就嫁给了他。

姥姥想方设法面见了当时的美国总统塔夫脱，使出浑身解数迷倒了他，让他把我外祖父派往瑞士卢塞恩担任总领事。她在那里生下了女儿康斯薇洛，接着生下了儿子小哈里，后来又有了一对双胞胎女儿，我母亲和塞尔玛。

姥姥深爱自己的家人，但随着女儿渐渐长大，她意识到，这对天生丽质的双胞胎姐妹最有可能缔结她梦寐以求的好姻缘，为她的晚年生活提供经济保障。

1923年，我母亲嫁给雷金纳德·范德比尔特的时候，姥姥简直欣喜若狂。这一下子，她和美国的豪门望族搭上关系了。我出生九个月后，她就跟朵朵搬进了我父亲位于七十四街的豪宅，夏天则到纽波特的桑迪角农场度假。我父亲去世的时候，她们就住在那座农场里。

子：她密谋给自己女儿下绊子，仅仅是为了钱，为了让您打入美国社交界？

母：贪婪和野心是其中的重要组成部分。但直到我母亲和弗里德尔·霍恩洛厄亲王坠入爱河，姥姥才开始采取实际行动。

亲王出身高贵，拥有家族头衔，但并不富裕。姥姥和朵朵说他是个"吃软饭的"，尽管事实并非如此。但对于我母亲身边的大多数男人，姥姥都是这么评价的。要是他和我母亲结婚了，姥姥该靠什么生活呢？当然了，我有家族信托基金。但我会被带去德国，住在亲王的城堡里。姥姥担心的也许是阿道夫·希特勒的崛起，也许是如果不能跟我们住在一起，她自己的经济状况将十分堪忧。

于是，姥姥决定，是时候让我回美国了。她觉得，我应该待在美国，待在范德比尔特家族。更何况，有谁能比我父亲的姐姐葛楚德·范德比尔特·惠特尼更适合抚养我？葛楚德身家百万，而且她的孩子都已经长大成人了。

* * *

葛楚德·范德比尔特·惠特尼和她妹妹葛莱蒂丝是雷金纳德·范德比尔特仅剩的两个尚且健在的姐妹。她们还有一个兄弟，名叫阿尔弗雷德。1915 年，他搭乘远洋客轮"卢西塔尼亚"号，中途不幸被德国潜艇击沉。虽然他不会游泳，也知道没有多余的救生艇了，还是把救生衣送给了一个抱小孩的女人。他和另外一千一百九十七名乘客和船员一起淹死在了冰冷的大海里，时年三十七岁。后来，人们始终没有找到他的遗体。

从许多方面来看，葛楚德都走在时代的前列。她是美国最富有的女性，也是一位成功的雕塑家。她于 1930 年创立了惠特尼美国艺术博物馆，该馆至今仍是世界顶尖的当代艺术博物馆。

我母亲 1932 年回到美国时，对葛楚德姑妈一无所知。她只是个八岁的小女孩，来到一个她毫无记忆的国家，见到一个她毫无印象的亲戚。

* * *

母：我和朵朵抵达美国后直奔纽波特，跟堂哥比尔·范德比尔特和他太太一起住在奥克兰农场。他太太让我跟她女儿一样，喊她"安妮妈妈"，这可把我激动坏了。

这是我第一次跟"父母"亲密接触。我一直把朵朵当母亲，把姥姥当父亲，但在奥克兰农场，我终于有了身为男性的父亲。他们是朵朵说我"要去见"的"家人"，但我没在那里住太久，不足以了解家庭生活应该是什么样的。

姥姥希望葛楚德姑妈多多了解我，所以安排我搬进了纽约长岛旧韦斯特伯里的姑妈家。

在此之前，我和安妮妈妈一起去拜访位于纽波特的听涛山庄时，在那里见过葛楚德姑妈一面。听涛山庄是建筑师理查德·莫里斯·亨特为我的祖父母科尼利尔斯·范德比尔特和爱丽丝·范德比尔特建造的。它于1893年建成，大得像宫殿，有七十间房，但被称为"乡间小屋"，每年只在夏天住几个月。一年中剩下的时间里，他们住在纽约的另一栋豪宅里。那栋豪宅位于第五大道，占据了五十七街和五十八街之间的整个街区。它后来被拆除，原址上建起了如今的纽约奢侈精品店波道夫·古德曼。

我见到葛楚德姑妈的时候，根本不知道姥姥和朵朵打的小算盘，也没有意识到姑妈将在我的余生中扮演重要角色。

子：我还记得小时候盯着葛楚德姑婆的照片看，但不知道她是谁，也不知道我和她血脉相连。

她的模样令人过目难忘。照片里的她已经不年轻了，但打扮得非常漂亮。她的脸总是藏在大帽子下面。和当时其他女人不一样,她似乎总是穿长裤。

我还记得,我十来岁的时候,在旧韦斯特伯里的葛楚德姑婆家过了好几个感恩节。如今,主楼和附属的庭院都卖掉了,变成了一所私人俱乐部,但她的孙女还住在副楼里,那里过去是姑婆的工作室。见到那些亲戚真好,她们待人亲切极了。不过,她们跟我见过的爸爸那边的许多亲戚不一样。我们每年只会见他们一次,所以跟他们并不太熟。

葛楚德姑婆是什么样的人呢?

母:葛楚德姑妈和蔼、迷人、冷静,但为人冷淡,沉默寡言,矜持内敛。不管在什么场合,她的穿着打扮、言行举止总是恰到好处,从头到脚都完美无缺。

她跟性格火暴的摩根姥姥一点也不像。姥姥的衣服算来算去只有那么几件,通常都穿着橙色旧毛衣配黑色外套。姥姥说话总爱跑题,她的爱让我窒息。

我第一次见到葛楚德姑妈的时候,她跟男人一样穿着长裤!我吓了一跳。那个时候,女人绝不会穿后来所谓的"宽松长裤"。葛楚德姑妈爱穿老式的男装长裤,裁缝从意大利采购了各种面料供她挑选——羊绒、羊毛、丝绸和塔夫绸,全是美丽的奶白色。她会穿量身定制的衬衫,搭配出的整体效果令人惊艳。她的脖子上总是挂着好几串范德比尔特家族代代相传的珍珠项链,左右手腕上分别戴着珍珠手镯和钻石手镯。她在遗嘱里把两只手镯分别留给了我和我同父异母的姐姐凯瑟琳。

她的满头红发是假发吗？大概不是吧，但我小时候一直以为是。她的头发总是烫得完美无缺，卷发波涛汹涌，却又一丝不乱。秀发垂在她的脸庞两侧，喷了大量摩丝，不管出什么意外都不会散乱。夏天，她会歪戴草帽，冬天则是软毡帽，上面系着黑色缎带。

每天晚上吃晚饭前，她都会换上曳地长袍，搭配丝绸内衣或紧身内衣，突显她纤细苗条的身材。

虽然她非常有格调，极其优雅，但还是比不了我母亲电影明星般的美貌。但她确实拥有某些我母亲没有的东西——金钱带来的权力。

子：突然见到这么多亲戚是什么感觉？有没有让您觉得自己不那么像"调换儿"了？

母：事实上，这让我觉得自己更像个"调换儿"了。在纽波特的时候，"安妮妈妈"和比尔堂哥热烈欢迎我，把我视为家庭成员，但和葛楚德姑妈一起住的时候，她那几个已经长大成人的孩子（住在她名下的其他豪宅里）让我觉得自己像个闯入者，被发现并消灭只是时间问题罢了。

那个夏天，姥姥是在纽约度过的，住在曼哈顿十四酒店的一间公寓里。我已经好几个月没有母亲的消息了。接着，我突然得知她也来了纽约。我和朵朵马上被送去和她同住，住在七十二街的一栋房子里，就在第五大道和麦迪逊大道之间。

子：您好几个月都没有母亲的消息？越洋电话在当时是不多见，但她都不写信吗？再次见到她是什么感觉？

母：隔了许久再见她，感觉挺奇怪的。我和朵朵第一次走进屋里的时候，她和姐姐康斯薇洛坐在客厅里。我母亲看起来一如既往地魅力十足：长长的指甲涂成深红色，乌黑的秀发在脑后松松地盘成发髻，她跟我们最后一次见面时一样纤弱而美丽。但那一点不像母女团聚。她跟过去一样客客气气的，我们彼此拥抱，但都不知该说些什么。我和朵朵被领上房子顶层，我们后来就住在那里。

当时，我知道姥姥和葛楚德姑妈沟通过，跟她说了我母亲在欧洲的生活方式，还有她怎么把家族信托基金花在自己身上，而不是花在我身上。葛楚德姑妈告诉代我管理财产的弗利法官，那年夏天我和亲戚一起住在纽波特。于是，他大大削减了给我母亲的津贴。我母亲肯定是意识到了只有和我一起住才有钱可花，这就是为什么她会回纽约。

*　*　*

我的外祖母意识到,不能掌控我母亲,就意味着自己不堪一击。于是,她决定向遗嘱检验法院提出申请,希望成为我母亲的唯一监护人。在此之前,她从没想过要这么做。摩根太姥姥决定采取行动,向法院起诉自己女儿,声称她是个不称职的母亲。

*　*　*

母:我不知道母亲和姥姥在做什么,但住进母亲家的第一周,我就听见康斯薇洛姨妈说:"你要做的第一件事就是把保姆打发走,这孩子需要德国保姆。"

康斯薇洛姨妈叫我母亲开除朵朵!这就像朝我开了一枪。要是她们赶走朵朵,我可活不了!这么多年来,我对母亲的恐惧都是模模糊糊的,但听了这句话,恐惧在我心中深深扎下了根。

如果她能把朵朵——我真正的母亲——带走,那她还有什么做不到的?

我跑上楼去找朵朵,就像冲向悬崖边缘。我跑呀跑呀,没有停下脚步,而是纵身一跃,然后摔了下去,彻底坠入了恐惧的深渊。我爱着母亲,同时也恨着她。

我紧紧抱住朵朵,边哭边告诉她我刚才听见的话:"把保姆打发走!"

"葛洛莉娅,听好了。"朵朵说,"我们要下楼去。要是有人问起,就说我们上公园去。没事的,但你不能再哭了。你得装作什么事也没发生。要是你能做得到,我们就能溜出去。一切都会好起来的。"

朵朵知道葛楚德姑妈有能力拨乱反正。我们装作若无其事地下了楼,跟我母亲和康斯薇洛擦身而过。她们正聊得热火朝天,根本没发现我们溜出去了。一出门,我们就直奔葛楚德姑妈位于格林尼治村的工作室。

到那里以后,我躺在沙发上,哭得歇斯底里,被痛苦和恐惧噎住了喉咙。姑妈努力安慰我,我则紧紧抱着她。

"你不用回妈妈那里,"姑妈说,"你可以跟我一起住。"

就这么决定了。这正是姥姥和朵朵梦寐以求、策划已久的时刻。这一刻改变了我的人生轨迹。

我安全了,起码我当时是这么觉得的——但我对母亲的恐惧始终没有消失。

二 孤岛：困惑、挣扎与领悟

* * *

我的外祖母一发现我母亲去了哪里，马上对葛楚德·范德比尔特·惠特尼提出指控，说她强行拘禁了自己女儿。她向葛楚德递交了法律文书，要求她把我母亲交出来，但葛楚德拒绝了。摩根太姥姥和朵朵都站在她一边，她们决定为监护权而战。

律师雇好了，开庭日期也定了，双方开始为庭审做准备。那次官司的规模之大是美国前所未见的。

开庭之前，我母亲的法定监护人弗利法官试图说服我的外祖母私了，不要闹上法庭。

"你知道这么大规模的公开审判会闹出什么事吗?"他问我的外祖母,"媒体会爆出一大堆丑闻,把你和那个孩子变得臭名昭著,那些玩意会纠缠她一辈子的。"

摩根太姥姥对女儿使出了另一招:"如果你让她跟惠特尼太太一起住,惠特尼太太每年会给你五万美元,你下半辈子都不愁没钱花了。"

但我的外祖母还是决定对簿公堂,争夺一个她几乎不了解的孩子的监护权。

1934年10月1日,审判拉开了帷幕。当时,我母亲十岁。那场审判由约翰·弗朗西斯·卡鲁法官主持,吸引了全世界媒体的关注。法庭上挤满了记者,足有一百多名,许多报纸将其称为"世纪审判"。

* * *

母:在葛楚德姑妈的工作室里痛哭流涕后,我再也没有回到母亲的住处,而是住进了葛楚德姑妈位于旧韦斯特伯里的庄园,到附近的格林韦尔小学上学。每天,姑妈的司机弗雷迪都会开着银灰色的劳斯莱斯轿车送我去上学。我在巴黎的时候没有上学,所以留了一级。

姑妈让我喊她"葛尔姑姑",我就这么喊了。我原以为她年纪挺大的,其实她当时才五十九岁,看起来很年轻,就像我现在一样。

现在我明白了，为什么她会觉得有必要争取我的监护权。她在做她觉得正确的事。她肯定是这么想的："我侄女哭得那么凶，她妈妈肯定对她不好。"

当时我不明白，这对她来说有多艰难，把一个虽是亲戚但并不了解的孩子带进自己的生活，是多么有勇气的做法。她是个很注重隐私的女人，但她肯定知道，争夺监护权就意味着要暴露在聚光灯之下。

葛尔姑姑工作日都住在曼哈顿，只有周末回旧韦斯特伯里小住。朵朵让我做好了万全准备，迎接她的到来。一听见车道上传来声响，我就要冲下十级台阶，靠在栏杆上，伸出胳膊搂住她，大喊："葛尔姑姑，葛尔姑姑！见到你真高兴！"这话千真万确。我确实很高兴。

我们会在能俯瞰大草坪的饭厅里一起用午餐和晚餐。一道道佳肴是由管家威廉端上桌的，还有一名男仆拘谨地侍立一旁。那种生活方式如今只能在英剧《唐顿庄园》里看见了。至于用餐时跟姑妈聊些什么，就要看当时的具体情况了。我想多了解一些我父亲的事，但不知该怎么引向这个话题。姑妈有一座我父亲的半身像，是美国雕塑家乔·戴维森的作品，就摆在她卧室的壁龛里，但她从来没有和我提起过我父亲的名字，一次都没有。

我步入了姑妈所在的新世界，需经常出现在社交场合，但我往往不知所措。朵朵发现了，就送了我一本《艾米莉·博斯特礼仪大全》。书里描绘的优雅生活方式让我着迷。

我比姑妈早上床睡觉。我会清醒地躺在床上（卧室的门半开着，因为我还是怕黑),听着她边上楼边喊她的宠物腊肠犬:"来呀,彗星。来呀,彗星。"我会屏住呼吸,猜想她会不会在我的卧室门前停下脚步,像头天晚上那样用意大利语对我说"晚安"。她每次都会这么做。

子:我很惊讶,您母亲竟然会决定闹上法庭。她完全可以接受葛楚德给的钱,直接回欧洲嘛。花这么多时间在您身上,这一点也不像她会做的事。毕竟,她几乎不了解您。您觉得她为什么要争夺监护权?

母:我常常思考这件事。当然,当时我不知道葛尔姑姑让姥姥做中间人,提出只要她让我留在旧韦斯特伯里,就每年付她五万美元,一直付到她离开人世。在当时来看,那可是一笔巨款。

我怀疑她之所以没接受,不光是因为范德比尔特家族会瞧不起她,还是因为会传出许多难听的小道消息。我母亲是姥姥一手调教出来的,靠嫁给雷金纳德·克莱普尔·范德比尔特爬上了社交界成功的巅峰。

如果她接受了那笔钱,纽波特和纽约的社交界肯定不会同情她,只会把她排斥在外。这是美国女作家伊迪丝·华顿在小说中经常探讨的话题。

我还怀疑,她相信自己能打赢官司。美国报业大王威廉·伦道夫·赫斯特是她的朋友,在背后支持她,刊登了许多对她有利的报道,公众舆论也站在她那一边,至少刚开始的时候是这样。人们根本没想到,孩子竟然会出庭做证,说不想跟妈妈一起生活。

我毫不怀疑,她根本没意识到自己会输,也没意识到她对女儿毫无兴趣,从一开始就没法和我建立亲密关系。后来,她年纪大了,会骄傲地跟我合影,但纯粹是因为她觉得这让她面上有光。

我认为,她觉得自己是个好母亲——如果她真的想过这件事的话。

子:很难相信她会觉得自己是个好母亲,但我猜自恋的人通常意识不到自己真正的样子,也意识不到自己给别人的感觉。

您那时年纪那么小,身边的人全都各怀鬼胎,想到这个我就难受。虽然摩根太姥姥和朵朵很爱你,但她们让您远离母亲、回到美国,显然是在操控您的人生。

那一切发生的时候,您肯定很害怕。

恐惧是我小时候最讨厌的东西,特别是在爸爸去世后。我始终感觉自己无法控制接下来要发生的事。就像您说的,我跟您小时候一样,感觉像在没舵的小船上随波逐流。

我六岁的时候,我们搬出了六十七街的公寓。爸爸去世的时候,我们住在离联合国不远的一间公寓里。没过多久,我们就搬去了附近大楼里的另一间公寓。当时,我并不觉得频繁搬家有什么奇怪的,也不觉得您总在重新装潢有什么不对。您肯定觉得搬家是很正常的事,因为您小时候总在欧洲各地搬来搬去。但没有一个地方能提供您一直在寻找的安全感。

经过很长时间的努力,我才摆脱了儿时常有的恐惧,这就是为什么我如此欣赏岁月流逝和生活体验带来的自信。

您知道您母亲会闹上法庭，要您在她和姑妈之间做出选择吗？

母：葛尔姑姑从没有提过闹上法庭的事，也没有提过要我出庭做证，一次都没有。有一天，葛尔姑姑的律师弗兰克·克罗克来家里跟我们一起吃午饭。他很快就成了常客。我以前见过他，当时我悲痛万分，心乱如麻，忍不住问他能不能当我爸爸。他盯着我，眼中写满惊讶，结结巴巴地嘟囔着，跌跌撞撞地走了出去。从那以后，我就偷偷喊他"大胖子"。

我心里直犯嘀咕：他为什么会来跟我们一起吃午饭？他第三次来家里的时候，我终于找到了答案。葛尔姑姑让我单独和他待在客厅里，他直截了当地告诉我，我母亲希望我搬回去。他问我，是想回去跟母亲一起住，还是留下来跟姑妈一起住？

"留下来，在这里，跟姑妈一起。"我边说边哭了起来，"留下来，跟朵朵一起，朵朵，朵朵！"

他走到法式落地玻璃门前，背对我站在那儿，眺望门外的草坪。我哭啊哭啊，直到大胖子转身朝我走来。我站起身，想要逃出去，但他一把抓住我的手，把我拽了回来，坐回他身边的沙发上。

"那就这样吧。没什么好怕的。听我说，别哭了，认真听我说。你要做的就是把你的愿望说给好法官听，他会安排的，让你跟葛楚德姑妈一起住，想住多久都行。"

"永永远远?"我大喊。

"当然了。永永远远。"

克罗克律师下一次来旧韦斯特伯里的时候,不是来吃午饭,而是来见我的。后来,我们又见了好多次,反复讨论接下来会发生的事。他告诉我,如果我要留在葛尔姑姑家,就必须去法院跟卡鲁法官见面,用自己的话告诉他为什么我不想跟母亲一起住。

这是个有趣的问题。我知道,如果我被送回母亲家,就永远见不到朵朵——我真正的母亲了。朵朵和我一起住在旧韦斯特伯里,睡在我隔壁,葛尔姑姑对她很好。所以,我以为这会持续到永远。不过,克罗克不值得信任,所以我没告诉他,朵朵才是我想留在姑妈家的真正原因。当然,他也压根没想到,我害怕母亲是因为姥姥和朵朵营造的氛围,那种恐惧从我孩提时代就深深扎根了。

克罗克让我把姥姥编的故事讲给卡鲁法官听,说弗里德尔·霍恩洛厄亲王把烟头按在我胳膊上。这当然不是真的。我只在巴黎那栋房子的客厅里见过亲王一面。他彬彬有礼,客客气气,虽然当时确实在抽烟,但从没想过要伤害我。我猜这个故事是姥姥讲给克罗克听的。幸运的是,我在跟法官的谈话过程中并没有提起这件事。我花了好大力气才记住克罗克教我的每句话。

"我很高兴跟葛尔姑姑住,因为跟妈妈住的时候,我们总是搬来搬去,现在我有个真正的家了。"

"我现在开始上学了,还交了差不多大的朋友,可以跟他们一起玩,我好开心。"

诸如此类的。

我去法院的那天,葛尔姑姑不在家。她们告诉我的是,我只是去跟法官"随便聊聊"。

我一直在琢磨克罗克和我反复排练的台词,求上帝保佑我不会忘词。

是时候了。姑妈的司机弗雷迪开车送我去曼哈顿,副驾驶座上坐的是个私家侦探。法院门外的大街上围着一大群人。我下了车,被几名侦探簇拥着走上台阶,周围镁光灯闪个不停。我能听见人们呼喊我的名字,有些人叫我要支持我母亲。

我完全吓呆了,僵硬地走进了卡鲁法官的私人办公室。房间里只有我们两个人,远处坐着一名女速记员。她涂着漂亮的粉色指甲油,把我们说的话敲进一台小小的机器。法官轻声细语,态度和善。我按照克罗克的指示,小心翼翼地回答他提出的问题。会面时间不长,也没我想象的那么可怕。出门的时候,我知道自己做得不错,为没有忘词而骄傲。我的将来有保障了。

坐车回旧韦斯特伯里的路上,我知道葛尔姑姑不会在那里等我,但朵朵会的。这才是最重要的。从此以后,我们会过上幸福的生活。起码我当时是这么想的。

子:我在网上看过一则黑白的新闻短片,里面是您抵达法院的情景。一大群身穿长风衣、头戴软呢帽的私家侦探把您重重包围。您低着头，快步走进楼里。那些男人没有一个看着您，似乎都对您毫不关心。其中有一个跳到摄像机前面，颇为滑稽地张开双臂，试图阻止摄影师拍您。我看了一遍又一遍。您当时才十岁，虽然被保镖包围，但还是孤零零的。

我还看过一则新闻短片，里面是您离开法院的情景。播报员几乎是兴高采烈地大声宣布："小葛洛莉娅被围观人群吓坏了，跳进了姑妈的豪华轿车里……金钱不是万能的！"

有人告诉您每天的庭审进展吗？您知道发生了什么事吗？

母：葛尔姑姑的豪宅是座与世隔绝的堡垒，把和审判有关的报道全都挡在外面，但我亲眼看见了围在法院外面的人群，亲耳听见了他们的大喊大叫，清楚公众渴望八卦小报的每日更新。那是一部精彩纷呈的大戏，里面什么劲爆内容都有——性爱、丑闻、魅力和去向未定的大笔财产。新闻报道把我们变成了肥皂剧里的神秘角色——只不过，我们是真实存在的。

我不知道法庭里每天都上演着什么。葛尔姑姑没跟我说过，其他人也没告诉过我，但有一天，我无意中听见厨师布赖迪和管家威廉在闲聊。毕竟，《每日新闻报》的头版头条就是那场审判。我听见他们说，卡鲁法官已经禁止新闻界和公众旁听，因为刚刚披露了我母亲的一桩绯闻，相当伤风败俗。

我母亲在巴黎时有个女仆,名叫玛丽,葛尔姑姑的律师把她带到了纽约。她出庭做证,说亲眼看见我母亲和米尔福德黑文侯爵夫人娜达在床上颠龙倒凤。

我当时不懂同性恋是什么意思。那个时候,"同志"和"蕾丝边"都不是常用词,就算有人用,我也从来没听见过。不管那些词其实是什么意思,我只知道那是件令人发指的事。那是我的错,我肯定也遗传到了。这就是我内心深处为什么始终有个空洞的缘由吗?

子:我上高中的时候,第一次听说有人指控您母亲是同性恋。我本想向您问个究竟,可又怕会惹您难过。我可不想因为提起这件事而让您难受。

我二十一岁时正式向您出柜,当时心里挺害怕的,也是出于这个原因。因为出柜而惶恐不安,会有这种感觉本来挺正常的,但我担心的是您母亲受到的指控。我不确定您会有什么反应。

我记得跟您说过,我认为性取向有一部分是遗传的,您听了马上表示反对。您的反应让我始料未及,因为这个说法显然让您不快。可您的密友有很多都是同性恋,而且在我们的生活中扮演着重要角色。

您母亲真是同性恋吗?

母:对,她是,但她也跟男人谈恋爱。我想,有些人的性取向是漂移不定的。直到很久以后,她才告诉我,她的毕生挚爱是弗里德尔·霍恩洛厄亲王，可惜没法嫁给他。因为代为管理我的信托基金的弗利法官说，要是她再婚的话，以后一分钱都拿不到。而她和亲王两个人的钱并不足以维持他们早已习惯的生活方式。如果嫁给亲王,她将成为"尊贵的殿下"。对她来说，这个头衔无疑非常重要，和嫁给毕生挚爱同样重要。

跟亲王解除婚约后，她最持久也最投入的恋情就是和米尔福德黑文侯爵夫人娜达的那段。娜达跟俄国皇室沾亲带故，嫁给了巴腾堡的乔治亲王，也就是维多利亚女王的曾孙。她体态丰腴，魅力无穷，令人着迷，顶着一头蓬乱浓密的红发，指甲和我母亲一样涂成深红色，身穿柔软飘逸的长裙，指间夹着象牙烟管，表情生动，活力四射。

我母亲的个性被动腼腆，两人的鲜明对比让她着迷。和娜达在一起的时候，她就像变了个人似的，看起来幸福满溢。我当时并不明白，但现在懂了，那是因为她们俩疯狂相爱。

我七岁住在伦敦的时候，曾经偷窥过我母亲和娜达。通过半开的房门，我看见她们并肩坐在沙发上，相依相偎，在火光熊熊的壁炉前轻声交谈，笑语晏晏。

我母亲突然扭过头，发现我在盯着她们看。"关门，"她不快地大喊，"风都进来了。出去玩吧。"

有事正在发生，那让我既困惑又害怕。

我母亲对自己和娜达的关系颇感骄傲。娜达总是和她形影不离，她们甚至一起作为报业大亨威廉·伦道夫·赫斯特和女明星玛丽恩·戴维斯的客人，到位于加利福尼亚州圣西蒙的赫斯特牧场做客。

我母亲和娜达的恋情被公之于众后，却成了可怕的丑闻。在1934年，同性恋被视为邪恶行径，等同于犯罪。同性恋者会遭到逮捕和监禁，甚至被关进精神病院。

我听说，因为要揭露我母亲的某些行为，法庭大门紧闭，不向公众开放。我不知道具体是什么，只知道非常恐怖——就像谋杀一样恐怖。后来，我才把线索拼凑起来，知道那不是谋杀，但在当时的许多人看来，那种事和谋杀差不了多少。

有人指控我美丽的母亲是同性恋！这个指控就像核桃钳一样，狠狠掐住了十岁的我稚嫩的心灵。痛苦让我脑中一团乱麻，将我卷进了胡思乱想的旋涡。我不明白同性恋是什么，但我知道那不是电影《五朔节》(Maytime)里珍妮特·麦克唐纳和尼尔森·埃迪之间的爱情，也不是我痴迷的其他电影里的爱情。那是某种恐怖而苦涩的东西，印证了我一直以来对母亲的恐惧。

我找不到人聊这件事，只能把自己封闭起来，努力把破碎的内心拼回去。那是个漫长的过程，因为我一直担心自己长大后会变得和母亲一样，变成同性恋。

当我开始对男孩有感觉的时候，不禁长出了一口气。

我是喜欢男孩的女孩，不是喜欢女孩的"怪胎"。

我告诉你这些，是为了让你明白，为什么我花了那么多时间，直到三十多岁才明白，身为同性恋没什么奇怪，也没什么特别。男男之爱或女女之爱，和男女之爱并没什么不同。

子：我向您出柜的时候，一定勾起了您对母亲的回忆。现在我终于明白了。我还记得自己终于决定向您坦白的那一天。我紧张极了，但觉得没法再拖下去了。

我上高中的时候就向朋友们出柜了，但迟迟没有告诉您。大学毕业后，我觉得再回避这个话题就太傻了。我觉得您早就猜到了，因为您从来没问过我女孩的事，而且我上大学的时候交了男友，您也认识他。他经常到我们家过夜，我觉得您肯定猜到了，他绝不仅仅是普通朋友。但那一天，我走进您房间的时候，还是特别紧张。

"有件事我得跟您聊聊，"我边说边坐在您床边，"我想我是同性恋。"

话一出口我就后悔了。才不是什么"我想我是"呢，我知道我是。我六七岁的时候就知道了。

"是吗？"您问，但这不是发问。您是在为自己争取时间，好消化我刚才说的话。

我解释说，我一直都是这么认为的，而且很高兴自己是同性恋。

您说会欢迎我的男友，然后稍稍停顿一下，说："但你也不用把话说死了。"

我没料到您会这么说，不知自己是不是该说得更直接一点，但转念一想，还是多给您留点时间吧。

在我告诉您之前，您知道我是同性恋吗？

母：我有时会怀疑你是同性恋，但这件事只是漂浮在我脑海里，伴随着我对母亲性取向的不安感，还有我儿时的恐惧，生怕自己会遗传母亲的性取向和父亲的酒瘾。

我想，如果你是同性恋，那会是我的错，证明我是个不称职的母亲。

当你说出"我想我是同性恋"的时候，一切都显得悬而未决，似乎你还不能确定。我们都经历过青春期的情绪波动，我不明白你的意思是"可能"还是"确定"。接着，你什么都没说，就离开了房间。

你离开后，我浑身颤抖。我想起了自己几年前随口说的话。当时，我们聊起你有个朋友可能是同性恋，我说："如果我的孩子是同性恋，我会觉得自己做家长很失败。"那个说法太无知了，当时我并不知道这会跟你扯上关系。我希望你知道，我之所以那么说，是因为我一直对母亲在审判期间被揭露的秘密耿耿于怀。

你向我吐露了秘密，这需要很大的勇气。真希望你当时能多待一会儿，我们能好好聊聊。但我明白，说出一件如此重要的事情之后，你需要一个人静一静。

子：其实，我以为在揭开这个大秘密之后，您才是那个需要一点时间静一静的。但我知道，在度过最初的惊讶后，您肯定会支持我的。就像我之前说的，您有很多朋友都是同性恋，他们经常过来吃晚饭或参加派对。

我不记得您说过，如果孩子是同性恋，您会觉得自己做家长很失败。

不过，我记得您说过的另外一些话，那些话给我留下了深刻的印象。

我大概十一岁的时候，有一天晚上，我们在家里等客人来吃晚饭。我向您问起了戏剧导演何塞·昆特罗和他的伴侣尼克，他们是那天晚上的贵宾。

"他们就像已婚夫妇一样。"您是这么给我解释的。当然了，那是1979年，在法律和大多数美国人眼中，他们绝对不是已婚夫妇。但我永远不会忘记，您相信他们是。这就是为什么我深知，当我最终向您出柜的时候，您肯定会接受的。

母：我希望你知道，我不光是"接受"，我很高兴你是同性恋！这是你的一部分，我很高兴你能找到让你感到幸福的人。即使有可能做到，我也不希望你变成别的样子。当然了，那肯定是做不到的。

直到今天，我还是很难相信世界发生了这么大的变化，同性婚姻在美国所有的州都合法化了。当然，这只是个开端。真正的"平权"在美国乃至全世界都还有很长的路要走。

我直到三十岁才接受这一点。在那之后，我常常暗自希望自己生来就是同性恋。我最亲密的朋友一直都是女人，我对她们的了解当然比对男人的多，只可惜我不是同性恋。有些人就是幸运啊！

＊ ＊ ＊

我的外祖母和米尔福德黑文侯爵夫人娜达的恋情登上报纸头条后,公众舆论开始转而支持我母亲的姑妈。

经过长达七周的听证,对范德比尔特一案(这是此案的官方叫法)的审判即将落幕。

卡鲁法官将我母亲的监护权判给了葛楚德·范德比尔特·惠特尼。在周末和若干假期,我的外祖母葛洛莉娅·摩根·范德比尔特可以在有人陪护的情况下探望我母亲。

此外,法官还做出了一项裁决,那是我年仅十岁的母亲做梦也没想到的。她觉得自己活不下去了。

＊ ＊ ＊

母:监护权审判的结果跟我想的完全不一样。虽然我母亲落败了,但她的律师说朵朵对我有不良影响,鼓动我跟自己母亲作对。因此,卡鲁法官做出裁决,不许朵朵今后跟我有任何接触。她被解雇了,他们不许我见她,甚至不能给她打电话。我不知道她去了哪里。我当时才十岁,觉得自己活不下去了。那是我这辈子遇到的最凄惨的事——直到卡特去世之前,我都是这么认为的。

法官做出裁决之前，我一直深知有人爱着我，不是母亲，而是朵朵和姥姥。她们才是我真正的父母。她们在身边的时候，我确信自己是她们的世界中心。世上没有一个孩子能像我一样备受珍视，备受宠爱。

　　法官将我和朵朵分开的那一刻，我的内心深处有一部分死去了。葛尔姑姑家里少了朵朵，我只觉得自己既卑微又凄惨。我觉得自己犯了罪，但不知究竟是什么罪。

　　"调换儿"意外踏进了陌生的新世界，拼命挣扎才能保持呼吸。我的小脚丫在湿漉漉的草地上打滑，就像一只害怕风吹草动的小老鼠，努力不想引起别人的注意，却总是失败。同时，我努力取悦身边的人，特别是"尊贵的女王陛下"——葛尔姑姑。

　　我开始犯口吃，害怕上课，特别是语文课。因为在语文课上，我得站起来，当着全班人的面结结巴巴地念诗。前不久，我看见了一张格林韦尔小学的成绩单。在所有的"良"和"中"底下，是我老师的笔迹："她会成功的——总有一天会的。"（瞧见了吗？只要你能熬下去，一切都会好起来的。）

　　我开始发胖，开始厌恶自己。我是孤岛上的河马，孤零零地四处游荡，紧紧拽住岸边的芦苇，免得掉进充满敌意的海洋。

　　美貌有多重要？完美有多重要？它们属于我母亲和塞尔玛姨妈，是我永远无法企及的。

　　我开始怀疑自己究竟是什么样的人。如果连我自己都不知道，葛尔姑姑和其他人怎么会知道？我渴望取悦葛尔姑姑，让她和她的成年子女接纳我。他们和我血脉相连，但我一直不知道他们的存在。我渴望被接纳，这种渴望紧紧攥住了我，始终挥之不去。

这是个可怕的缺陷。感谢上帝，安德森，你没有这个缺陷。从呱呱落地的那一刻起，你就备受珍视和宠爱。即使在长大成人后，我的血管里也流淌着"取悦他人"的渴望。取悦他人会让我浑身暖洋洋，觉得大获成功，在那一瞬间充满安全感。但那种感觉无法持久。

每时每刻都试图取悦所有人，结果只可能是失败。事后回头审视的时候，你只会越来越厌恶自己。

直到今天，我都会不由自主地落入固有套路。别人请我做点什么，比如为他们画一幅画，或者帮他们主持一场面试，我都得逼着自己暂停片刻，扪心自问：我真的想这么做吗？无论答案是肯定还是否定，至少我知道答案是自己真的想要的。

子：一想到法官把您最在乎的人赶走，把将您从小带到大的人赶走，我就不寒而栗。她才是您的母亲，对您来说远远胜过亲生母亲。

您经历这一切的时候，朵朵一直陪在您身边，最后却这么突然、这么轻易地被一脚踹开了——这简直太可怕了！

我还记得我的保姆梅·麦克林顿，从我一出生就陪在我身边。她离开的时候，我难过极了。我当时十五岁，已经没有过去那么需要她了。朵朵被赶走的时候，您肯定感到非常孤独，比以往任何时候都孤独。

您能不能从别人身上找到慰藉?

母:朵朵被赶走了,但我还可以见姥姥。他们允许我每天晚上六点半往她住的曼哈顿十四号酒店打电话。那个电话号码我永远忘不了。

法官可以把朵朵赶走,但他不能阻止我和外婆说话,尽管她在驱使我跟母亲作对的过程中扮演着重要角色。

那通电话是让我熬过每一天的救生筏。我知道姥姥一定会在电话那一头。我把听筒贴近耳朵,她的声音就会通过电话线传来:"嗨,亲爱的!"她总是这么跟我打招呼。

我们会东拉西扯,随便闲聊。我最恨说再见挂电话的那一刻。葛尔姑姑在旧韦斯特伯里的时候,姥姥偶尔也会来住上几天。她喜欢说起摩根姥爷在欧洲当大使的时候他们一起参加的派对。她会用带西班牙牙口音的英语讲呀讲,滔滔不绝地说皇室成员的笑话,提起在我听来毫无意义的名字。葛尔姑姑自然更是烦不胜烦。

我喜欢姥姥,喜欢她来看我,直到我十五岁的一天,遇见了一个名叫杰弗里·琼斯的男孩。我爱上了他,想跟姥姥分享我的喜悦。我告诉她,总有一天我们会结婚的。但她一点也不为我开心,反而气得浑身发抖。

"听好了,小不点——你是范德比尔特家的千金,永远不会嫁给琼斯家的小子。"

我一下子哇哇大哭起来。我的剧烈反应吓到了她。

她试着安慰我："好了，好了，小不点，"她轻声说，伸手搂住了我，"怎么了？什么害你难过了？好了，好了，别哭了。"

但为时已晚。我一直爱着她，但从那天开始，我们之间的感情变了。我长大以后，见她的时间越来越少，生怕我们之间的一点点分歧都会让我从刚刚站稳的钢丝上坠落。为了继续前进，不要坠落，我耗费了全部精力。

斯坦和克里斯出生后，姥姥欣喜若狂。虽然他们每周去十四号酒店见她的时候我都没陪着，但我鼓励他们爱姥姥。姥姥是1956年去世的。她生前最后一句话是："你给宝宝们买冰淇淋了吗？"

直到她去世后，我才知道，监护权官司尘埃落定后，她和我母亲达成了和解。姥姥去世的时候，我母亲和塞尔玛姨妈都陪在她的病榻旁，她在遗嘱里给两个女儿留下了大笔财产。然而，在那场审判后，她从来没跟我提起过我母亲，一次都没有。

杰弗里·琼斯是我的初恋，但我第一次坠入爱河是和约翰尼·德勒汉蒂。他比我大几岁，性格外向，潇洒自若，而且帅得要命。不管你信不信，我当时害羞极了，每次看见他，腿都会发软。

有一次，我在学校里的好朋友贝蒂·刘易斯和辛西娅·埃利斯来葛尔姑姑家过夜，我们半夜溜出去见约翰尼和他的伙伴们。他们把车开进庄园的车道，接我们去罗特曼餐厅。葛尔姑姑有个门卫名叫夏基，我们溜出去的时候被他撞见了，但他从来没对姑姑或其他任何人提过这件事。我们从没想过，要是我的法定监护人弗利法官听说这件事，姑姑会面临多大的风险，会处于多么不利的境地。

在罗特曼餐厅，我们坐在沙发卡座里，喝了半小时的姜汁汽水。接着，约翰尼开车送我们回家。我们偷偷钻进屋子，爬上床。我做了好多好多美梦，梦见我嫁给了约翰尼，住在乡间别墅里，就像我坐姑妈的轿车去纽约的时候，透过车窗看见的那些。我会一遍又一遍地写下约翰尼的姓氏，"德勒汉蒂。葛洛莉娅·德勒汉蒂。约翰·布拉德利·德勒汉蒂太太。约翰·B.德勒汉蒂太太。"他的名字真是美妙极了。

他在康奈尔大学上大一时死于车祸。那是我第一次亲眼看见身边的人过世，那也是我参加的第一场葬礼。我实在没法相信，约翰尼竟然会死。在我看来，除了在词典里，"死"是不存在的。这种事只会发生在老人身上，和年纪轻轻的他根本扯不上关系。

我留着约翰尼写给我的信，直到现在都留着，还有他的一张照片，加了镜框，挂在我的工作室里。他看起来很年轻，但我十五岁的时候，觉得他好成熟。我当时痛苦极了，但过了一段时间后，他的身影渐渐淡去，"死"这个事实也随之淡去。

　　子：我从没听过您用"走钢丝"这个比喻，但我明白是什么意思。我觉得我们俩很像，都希望勇往直前。这也是我一直在想的。我不知道这种生活方式是不是健康，但我知道自己必须这么做。多年前，我偶然得知，鲨鱼想要活下去，就必须一直往前游。只有这样，海水才能流过鳃，它们才能呼吸。从那以后，我一直把自己想象成鲨鱼，在幽深寂静的大海里游动。

二十多年来，我在世界各地跑来跑去，一个接一个地做报道，从不让自己闲下来太久。我怀疑，爸爸和卡特的死是不是让我陷得太深，想得太多，已经没法正常生活，正常呼吸了。

您想象自己在走钢丝，随时可能坠落，我则想象自己是条鲨鱼，我们的不同之处可见一斑。我没有鲨鱼的厚皮，也没有猎手的本能，但有时真希望自己能拥有这两样。让我惊讶的是，您始终勇往直前，却没有变得铁石心肠。我担心自己为了不被情感包袱拖累，已经变得冷漠无情，什么都感觉不到了。我也不想变得铁石心肠，但在不断前进的同时保持情感充沛实在太难了。

母：我并不认为你真的把自己视为鲨鱼。这不是你的本性。如果是的话，你会做个商人，当个律师，或者从事其他需要狡诈、无情的职业。你是个讲述故事的人。虽然有时你会希望自己感觉不到痛苦，但你不断将自己置于会感觉到痛苦的境地，并让其他人也感同身受。这才是真正的你。

朵朵被赶走后，我完全可以变得铁石心肠，但内心深处有些东西让我决定不这么做。我选择勇往直前，但同时忠于自我。不过，我确实更提防母亲了。就是因为她，朵朵才会被赶走。

在监护权审判中，卡鲁法官的裁决还包括，我每个周末都得去见母亲。我去见她的时候，总有几名私家侦探陪着，还有名叫埃莉诺·沃尔什的新保姆。朵朵离开后，所有在我生命中进进出出的保姆里，她是最棒的一个。她叫我喊她"亲亲埃莉诺"。

每个周末，母亲都会带我们去荷兰雪梨酒店吃午饭。吃完甜点后，她总会先点上一小杯黑咖啡加一杯白兰地，然后一杯接一杯地点下去，最后才心满意足地结账离开。

周日，我们会去圣弗朗西斯教堂做弥撒。人群围得水泄不通，只为瞧我们一眼。我们得靠警车鸣笛开道才能穿过去。虽然审判已经落下帷幕，但公众对我和母亲的痴迷却远没有结束。为了不那么显眼，我们被带上教堂的楼座，就是演奏管风琴的地方。我的一边坐着母亲，另一边坐着埃莉诺。弥撒进行到一半，我母亲就会犯头晕，只好把头搁在两个膝盖中间，免得倒地失去意识。不过，埃莉诺是注册护士。所以我知道，就算发生了什么事，她也能照顾好我母亲的。

子：您十几岁的时候，谁对您的影响最大？我一直觉得，监护权大战落幕后，您基本是孤零零一个人长大的。

母：对大多数人来说，对他们的成长影响最大的是父母。但我十几岁的时候，情况并不是这样。我能看见的只有镜子里自己的影子。

虽然我对母亲又怕又恨，但内心深处一直藏着个小小的期待，希望有朝一日能长得跟她一样美，这样就能引起她的注意了。到那时，她就会爱我了——对吧？

我没有榜样，也没有知己。朵朵和姥姥用爱和关怀包裹着我，但她们并不是如今大家口中的"导师"。葛尔姑姑和詹姆斯·弗利法官也不是。在我年满二十一岁之前，弗利法官一直是我的法定监护人。

我真正的榜样是电影、书籍、广播里的人物。不得不承认，我童年时期的许多价值观都来自巴斯比·伯克利执导的音乐剧，就是迪克·鲍威尔对琼·布朗德尔放声高歌"我在瀑布旁呼唤你，噢噢噢噢"的那一部。

多年后，我和男歌星法兰克·辛纳屈约会的时候，跟琼·布朗德尔吃过一次饭。我好想告诉她，她对我的童年影响有多大。但我尝试这么做的时候，才发现要解释清楚实在太难了。

我第一次看电影是1935年，当时我十一岁。那是米利亚姆·霍普金斯主演的《浮华世界》（*Becky Sharp*）在纽约无线电城音乐厅的首映。我爬上螺旋楼梯，来到二层的预留座位。

电影开始前，著名男高音简·皮尔斯登上舞台，高歌一曲《幸福的青鸟》。当他唱到"像我一样……高高昂起头……直到找到幸福的青鸟"时，我激动得差点晕过去。我的灵魂随之高歌，化作了雷鸣般的掌声。没错！没错！幸福！某处有只幸福的青鸟，我会找到它的。我能找到，会找到的。如果找不到，我会死的。

那里的一切都令人着迷。那是成人的世界，充满美好的幻想，是我渴望的归宿。我陷进座位里，不知是该环顾华丽的影院，还是认真看电影，尽管以我当时的年纪，根本看不懂大银幕上展开的各种阴谋诡计。

我回到葛尔姑姑家的时候,激动得喘不过气来,只想多看几部电影,但不得不为此等上很久。姑妈很少允许我看电影,而且只能看她认为适合我年纪的电影。

我母亲管得没那么严。周末去看她的时候,我只要想看电影,她就让亲亲埃莉诺带我去。对我来说,那简直像天堂一样。我猜,对我母亲来说也是如此。她可以趁这个机会歇口气,不用假装我们之间的一切都好得很。

有好几十部电影任君挑选。我们只需要快步穿过中央公园,来到影院林立的西区。如果能提前逃离荷兰雪梨酒店漫长的午餐,我们就能挤出时间赶两场,在一家影院看完再跑另一家。

如果幸运的话,我们还能赶上凯·弗朗西斯主演的影片。她是当时著名的女影星,我私下里觉得她长得很像我母亲。那是一种奇妙的交流方式。静静坐在没几个观众的影院里,把银幕上的女人想象成母亲,想象我和她一起度过欢乐时光。这比我们实际上一起度过的时光有趣得多。这听起来也许挺奇怪,但事实就是如此。

最近,我在重看二十世纪三十年代的安迪·哈迪系列电影,主演是十几岁的米奇·鲁尼。我都忘了那些电影对青春期的我有多大的吸引力。安迪·哈迪父母双全,他父亲是吉姆·哈迪法官,全家人住在带尖桩栅栏的房子里。我为那家人的日常生活着迷,觉得那才是家该有的样子,那才是我想要的。

我最喜欢的一幕是，当安迪需要建议、寻求安慰的时候，就会去敲父亲的房门。他父亲随时奉陪，从来不会忙到没法跟儿子谈心。他会给儿子忠告，摆出权威姿态，用自己的智慧帮他排忧解难。我当时并没有意识到，那些电影向我传递了一则秘密讯息：如果父亲还在的话，一切都会安然无恙。

我终于想通了，为什么我一辈子频繁离开爱我和我爱的男人，什么都没法让我感到安全。虽然这么说很不公平，但在他们抛弃我之前先离开他们，在我看来是明智之举。

正如之前告诉你的，我内心深处有个空洞，寒风不时呼啸而过。那是个永远无法填补的大洞。

为什么要告诉你这个？因为我希望，这在某种程度上有助于你理解我失败的根源，还有支持我熬过九十一载风霜的力量源泉。它帮我走到了今天，让我镇定自若、头脑清醒、无所畏惧地站在这里。

有很多东西，我都是从电影里学到的。我相信，大银幕上演的就是我长大后会发生的事。我迫不及待想要长大，让它们统统变成现实。但等我终于长大了，才震惊地发现情况并非如此，压根就不是。

住在葛尔姑姑家的时候，我开始听"唐恩叔叔"的儿童广播，讲的是小孤女安妮被亿万富翁收养，她喊他"沃巴克斯老爹"。我马上就觉得和小安妮心灵相通。如果她都能活下去，那我也可以。葛尔姑姑就是我的"沃巴克斯老爹"。

不过，等我长到十四岁，小安妮就被抛在了脑后，露易莎·梅·奥尔科特的小说《小妇人》里的二姐乔·马奇成了我的偶像。那本书让我爱不释手。后来，凯瑟琳·赫本在电影版《小妇人》里扮演乔，我简直乐疯了。她就是我想要成为的人，而有同样想法的人数都数不过来。我的每个同学和堂姐妹都渴望成为乔，大家都不愿做马奇家的其他三个女儿，就连漂亮的小艾米也入不了我们的法眼。最后，大家不再你争我抢，全都自诩为"乔"。

后来，我嫁给了西德尼·吕美特，他执导了凯瑟琳·赫本主演的电影《长夜漫漫路迢迢》(*Long Day's Journey into Night*)。我没有告诉过他，为什么我从来不去片场。我不想见赫本，就连电影拍完后，她来我们家做客，我也没见她。

子：您为什么不想见她？她对您那么重要，说不定会想听您说说这个故事呢。

母：因为在我内心深处，还住着那个胖乎乎的十三岁姑娘，她觉得自己一文不值。

赫本来家里的时候，我在自己的工作室里，就在电梯旁边。我能听见她的声音，听见西德尼在门口迎接她，但我没有出房间。我们没有见面，她就离开了。我活到三十八岁，还觉得自己不配跟凯瑟琳·赫本握手。那活到九十一岁呢？说实话，还是不行。我觉得，我可以给她一个大大的拥抱。走到这一步花了很长时间，但我终于做到了，这值得好好庆祝一下。

子：您母亲有很多机会跟您搞好关系，葛楚德姑婆也是。只要她们努力尝试，至少设身处地为您想一想，就能做到。您母亲可以亲自带您去看电影，然后再去吃饭。这件事又不难办到。只需要摆个简单的姿态，就能拉近你们之间的距离。

爸爸去世后，您经常和我一起去看电影。那是我最爱和您一起做的事，整整一个星期我都盼着那一天。我喜欢和您一起坐在漆黑的影院里，分享爆米花，等影片开演。

这又让我回想起来，有时候吃完晚饭后，爸爸会带我出门，去六十七街拐角的小店吃一小块比萨。我肚子并不饿，但那是我们父子共度的美好时光。直到今天，每当闻到比萨的香味，我都会想起和爸爸坐在铺着油毡布的桌边，聊着学校里发生的事，或是我心里想到的任何事。

我很遗憾，您和您母亲或葛楚德姑婆都没有这样的互动。

母：有些人真不该要孩子，也许我母亲就是其中之一。有了孩子以后，你必须敞开心扉，但她做不到。她唯一能爱的就是她的双胞胎妹妹塞尔玛。

她曾经对我说："你生下来的时候好小，我好怕抱你。"

我们的距离从来没有拉近过。她太年轻，太自私，没法和小宝宝建立联系。等我长大后，则为时已晚。

我还记得，有个周末，我去纽约看她，被带进房间跟她打招呼。她坐在梳妆台边，女仆万斯在帮她梳头。

我站在她背后，她看着镜子里的我，问："我染个金发怎么样？"

她是在开玩笑吗？听起来不像。她的声音通常有些犹豫，有些结巴，极其轻柔，你得凑得很近，才能听清她在说什么。但这回不是，她的话音里甚至带着点威胁的意味。

"别这样，妈咪。"我好想大喊，但当然没有喊出声。我只是乖乖地站在原地，吓得什么也说不出来。万斯继续帮她梳理黑发，一直梳到腰间，接着分作两股，搭在她的脸颊两边，然后盘成一个松松的发髻。

"出去吧，"母亲说，"我还得梳妆打扮呢。"我哭着跑了出去，但不知自己为什么要哭。

当时，我母亲在跟 A.C. 布卢门撒尔约会，他是个非常富有的房地产投资人兼影院支持者。他会派司机到影院接上我和埃莉诺，带我们回我母亲位于七十二街的公寓，就在公园大道和麦迪逊大道之间。我们到家的时候，母亲会坐在客厅里抽烟，面前的咖啡桌上总是搁着一杯酒。

"玩得开心吗，亲爱的？"她会问。我会坐在沙发上，坐到她身边，她则努力想些别的话题。尴尬的气氛就这么一点点蔓延开来。但时间总会过去，很快弗雷迪就会开车过来，接我们回旧韦斯特伯里。

还有葛尔姑姑。为什么总是我先张开双臂、伸出双手，她才会来拥抱我？她那么矜持，那么客套，做什么都经过深思熟虑。我和她一起生活的那些年里，我们从来没有谈起过我父亲，她的亲哥哥，我母亲的名字更是没有出现过。当然，现在我才意识到，在打完监护权官司后，她必须格外谨言慎行，不能说任何贬损我母亲的话，免得我比以前更害怕她。但即使不谈论我的父母，他们也时刻存在。无论我去哪里，他们都像幽灵一般如影随形。

有时候，我和葛尔姑姑聊着聊着，就卡壳聊不下去了。碰上这种时候，她就会伸长手臂，从沙发前的咖啡桌上拿起最新一期《住宅与庭院》(House and Garden)杂志。"我们来看看房间吧，"她会边说边翻开某一页，"你觉得这么装饰怎么样？"

讨论室内装潢的时候，我一点都不怕发表意见。侃侃而谈有趣极了。过去跟姑妈相处的时候，我从未感觉如此轻松。她会耐心听我点评，我开心得简直要飞上天了。

后来，我理解了姑妈当时的处境，为此深深爱上了她。但那个时候，我已经长大成人，她则早已离开人世。我十八岁生日过后不久，她就去世了。

子：我知道您十岁就开始作画了。葛楚德姑婆是一位颇有建树的雕塑家和艺术品收藏家，您是不是受了她的影响？她影响了您的艺术创作吗？

母：真希望能说是她影响了我的艺术生涯，但其实她从来没有跟我聊过艺术。她只当着我的面提过一次她的雕塑。那是我十五岁的时候，她允许时尚摄影师路易丝·达尔-沃尔夫来旧韦斯特伯里，为《时尚芭莎》（Harper's Bazaar）杂志给我拍几张照片。葛尔姑姑对沃尔夫和她的团队说得清清楚楚，给我拍的照片里不许出现她的雕塑"黛安娜"，那座雕塑就矗立在屋前的庭院正中间。毕竟，她是一位严肃的艺术家，不希望自己的作品出现在时尚杂志上。

我和葛尔姑姑一起生活的那些年里，有好几次想找她聊聊她的艺术作品，可就是不敢提起这个话题。我也不敢告诉她，我常常一个人走在她漆黑的工作室里，揭开盖在雕塑上的布，好奇地盯着它们看，心中有无数疑问，想要找她聊聊——可我从没这么做过。

那么，我成为画家是受什么影响？那不仅仅是我想要成为的人，也是我无法阻止自己成为的人。

我面前有一幅小油画，画上是个跳舞的女孩，穿着粉色的短裙。她双臂张开，像在飞翔。那是我画的第一幅油画。当时我十岁，在格林韦尔上小学。

这幅画下面的桌子上，摆着一座我用黏土做的雕塑，也是在格林韦尔小学做的。那是一个倚着巨石的女孩，她抬起手臂，遮住了脸，因为她不想别人知道她在哭。是的，她在啜泣，因为她陷入了绝望。她无比抑郁，甚至想要自杀。

这么多年来，无论我住在哪里，都会摆出我的这两件早期作品。

它们表现了监护权大战后我内心的动荡不安。有时候,我是那个跳舞的女孩——满心欢乐,充满希望。那些感觉是真实存在的,但另一个女孩的感受也是真实的——大哭不止,泪流满面,却无人知晓。她倍感耻辱,所以将情感统统隐藏。父亲是个酒鬼,母亲是个同性恋,这是不是她的错?长大以后,她会不会变成酒鬼或者同性恋,甚至又是酒鬼又是同性恋?

是不是正因为如此,我从二十多岁就开始酗酒加啜泣?如今,当时的魔咒是不是早已破除?穿粉裙的跳舞女孩是不是把倚靠巨石的女孩推开了,让她彻底消失了?

是不是正因为如此,我才成为了画家?很小的时候,在格林韦尔上小学的时候,我就开始作画。从那以后,我就再没有放下画笔,会一直画到我离开人世的那一天。

十八九岁的时候,我就进入纽约艺术学生联盟学校,成了美术教育家罗伯特·贝弗利·黑尔和艺术家约翰·卡罗尔的学生。卡罗尔的作品美得空灵,我被深深吸引了。他请我给他做模特的时候,我激动万分地答应下来。

如今,卡罗尔的第一幅肖像画就挂在我家客厅里。画上是个身穿金色长裙的女孩,那条长裙是意大利设计师福图尼设计的。她一脸冷漠地凝视着画外。在如今的我看来,她完全是个陌生人。

要是她能知道我现在知道的事就好了。但她依然如故,不知道自己有一天会遇见你爸爸,但他会早于她许多年离开人世。她不知道,自己将在家居和时装行业大获成功,并成为画家兼作家。她不知道,自己有朝一日会站在阳台上,恳求儿子卡特不要松开手。当时,卡特扒在十四楼的阳台边缘,下方就是奔流不息的东河。

我希望长大后能拥有什么?父母,能让我依靠、让我安心的父母。他们会和我谈论希望和梦想,会告诉我我有许多选择。

子:我觉得很有意思,有些人无论在什么情况下都能勇往直前,另一些人则会深受困扰或筋疲力尽。勇往直前的动力来自哪里?它是天生就有的,还是后天形成的?

如果您在孩提时代没有受创伤,会有这么大的动力吗?您会达成如今拥有的一切吗?我也会问自己同样的问题。

如果爸爸没有骤然离世,卡特没有在我读大学的最后一年自杀身亡,如果我没有经历过这些惨剧,我会在自己人生和职业生涯的开端就去冒险吗?我觉得不会。

他们的死改变了我的人生轨迹,但我现在才意识到这一点,当时并没有意识到。卡特死后,我悲痛万分,觉得没法活下去,认为必须前往充满痛苦和失落的地方。在那里,外界的痛苦才能匹及我内心的伤痛。我不知道自己能不能活下去,想从别人身上学习怎么才能活下去。

大学的最后一年,我没有投简历找工作,因为卡特的死让我陷入了困惑。大学毕业后,我花了点时间四处旅行,让朋友给我伪造了一份记者通行证，带上相机去拍摄交战地带发生的事，但我不知道这会变成我的终身职业。那不过是我觉得自己必须去做的事。

母：我的动力源于我的儿时经历，从小累积起的恐惧和其他感受。由于我和母亲同名，所以长大成人后，我从事任何职业都用这个名字，这对我来说意义深远。我从来没有告诉过你，也没有告诉过其他任何人，这么做是因为我相信，如果我能在写作、表演或绘画领域取得成就，就能以某种方式抹去母亲遭受的指控，让她重获自由，像我渴望的那样爱我。你能理解吗？我的愿望无比恳切，却像抽刀断水一般徒劳无功。但这个愿望持续了一生，至今不改。

很久以前发生的一件事始终激励着我。监护权官司还没结束的时候，在旧韦斯特伯里家中的厨房里，有人落下了一份《每日新闻报》。我无意中看见了上面的一篇报道，配图是我走进法院，标题是"可怜的小富家女"[1]。

那是我第一次看见这个说法。我震惊不已，满心困惑。难道我在别人眼里就是这个样子？我并不觉得自己"可怜"，也不觉得自己是"富家女"。在我心目中，我只是个充满希望和梦想的十岁小姑娘，迫不及待想要长大，弄清该做个什么样的人。这句俏皮话给我打上了烙印，

---

[1] 原文 Poor Little Rich Girl，Poor 除了"可怜"也有"贫穷"之义，与表示"富有"的 Rich 形成鲜明对比，所以下文说这是"俏皮话"。——本书注释均为译注

如同附骨之疽。我好怕它会跟随我一辈子。

我不想做个"可怜的小富家女",这让我痛下决心,要做出点成绩来。我从来没有公开承认过,这句话给了我多大的激励,也不确定现在应该承认。但这些已经不重要了。我已经实现了自己的许多梦想,当时的灼痛感已经消失了。

我还记得,芝加哥本地新闻节目的一位记者采访我时问道:"你为什么这么努力工作?如果我是葛洛莉娅·范德比尔特,肯定会躺在某片海滩上晒太阳。"

这句话一直在我心头萦绕不去。它揭露的是记者的性格,而不是我的性格。每个人都有权利施展才华,为世界做出贡献,无论那个贡献是大是小。为什么富家子弟就该与众不同?谁也无法选择自己的出身。难道你出生在大户人家,就不能想做一番事业?在我看来,这种想法简直荒谬透顶。

至于你,安德森,你一直都拥有强大的动力,希望用自己的名字打出一片天地。据我所知,有很长一段时间,人们都不知道你是范德比尔特家族的成员。

子:我是故意这么做的。我不希望别人的评判和预设变成我的负担。我不希望别人觉得我进媒体只是为了好玩,或是把做记者当成爱好。

很多人也许会认为,您根本不需要出去工作,但有一点给我留下了很深的印象，那就是您从来不会看别人的眼色，让别人定义您是谁，您应该在乎什么。

第一次听说您从来不读关于自己的评论和报道时，我非常诧异。现在我明白是为什么了。我猜这是您从儿时经历中学到的教训。毕竟，在监护权大战前后，八卦小报爆了您那么多的猛料。

前段时间，我做了个实验，整整一个周末没上推特。不看陌生人对我的评论，让我觉得浑身轻松。真奇怪，别人的看法竟然会对一个人有那么大的影响。

母：对，我讨厌这个。推特是挺有意思的，但我不想参与进去。人们会表达自己此时此刻的感受，但有些话一旦说出口就收不回去了，许多人事后都后悔不迭。

渴望成名就像一种恶疾。无论你有多出名，都会觉得还不够，永远都不知足。

我从不在乎别人对我是怎么看的。也许他们觉得我演戏、绘画、写作都是闹着玩，但我才不在乎呢。他们爱怎么想就怎么想吧。既然你永远都不可能改变别人的想法，那又何必在这上面浪费时间？为什么要为此难受呢？何不把精力放在更有意义的事情上？

子：我花了很长时间才弄清这一点。我尽量不去看别人对我的评论，但有时候并不容易办到。我认为，单从职业角度来说，虚心听取别人的批评还是挺重要的。我还有好多东西要学,也想做得更好,不希望在职业生涯中故步自封。

母:嗯,我当然能理解了。但我认为,"虚心听取建设性批评"和"听嫉妒你的陌生人搬弄是非,让你觉得糟糕透顶"是有区别的。

小时候,我不得不忽略别人对我的评头论足。要不然,我就别想活了,肯定会变成"盐柱子"①的。监护权审判结束后,我十来岁的时候,媒体一直咬在我后头不放。

公众对我有了既定印象,渴望得知我的最新情况,各大媒体都乐于满足人们的需求。

我慢慢形成了一整套生存策略。我会想象肩上有个防护罩,让我免受暴风雨的侵袭。我十三岁行坚信礼的时候,直到走上教堂的祭坛,身后还有摄影师在拍个不停,当时我心里就是这么想象的。

子:我知道爸爸是浸信会教徒,但您的宗教背景是什么样的?您现在信仰什么?

母:我父亲全家是圣公会教徒,我母亲是天主教徒,所以我接受了两边的洗礼。最初,我没有接受任何宗教方面的教育。后来,监护

---

① 出自《圣经》"罗得的妻子向后一望,就变成了盐柱"的典故。

人弗利法官决定,我要接受天主教徒的教育,学习相关的宗教知识。每周五放学后,我都会被送去听取弗雷神父的教导。我挺喜欢他的,他桌上总是摆着个小碗,里面放着咬起来咯吱咯吱响的薄荷糖。他滔滔不绝地讲呀讲,我就坐在那儿吃糖。我的态度挺严肃,但他讲得那么绘声绘色,让钉在十字架上的酷刑听起来并不怎么糟糕。在我看来,抹大拉的马利亚是个大明星——既顽皮又美貌。难道还有更美妙的组合吗?

我为之着迷,决定长大后做个修女。当然,男孩出现后,情况就变了。

我第一次领受圣餐是在旧韦斯特伯里举行的私密仪式,没有家庭成员到场。说实话,我根本不知道发生了什么事,但确实有种说不清道不明的感觉。我穿得像个新娘,一身雪白,头戴面纱。我猜,结婚大概就是这种感觉吧。

一周后,我在另一个教区跟一大群姑娘一起举行坚信礼。我们缓缓朝祭坛走去,尽量避开狗仔队的骚扰。他们让我选两个圣人的名字,我选了雷金纳,纪念我父亲雷金纳德,还有弗朗西斯卡,因为我喜欢那个名字。我们排着长队,队伍里有个姑娘说,她妈妈打算仪式后带她出去吃大餐,我就吹嘘说,我妈妈在家里亲手准备了美味佳肴。当然,那纯粹是瞎编的。

我还记得做忏悔时心情有多激动。等着走进那黑暗的密室时,我被当下神秘的气氛镇住了。伸手拉开把我和牧师隔开的天鹅绒帘子时,那轻柔的"唰"的一声就让我敬畏得浑身颤抖。

"天父,请赐福予我,因为我罪孽深重。"

我时不时卡壳,不知要说些什么。并非我这个人完美无缺,而是我常常头脑一片空白。我知道,必须先忏悔,才能领圣餐。所以,我开始胡编乱造,任想象力纵横驰骋。

忏悔室里黑乎乎的,我也搞不清听我忏悔的是弗雷神父还是别的什么人。不管是谁,他只是默默倾听,提供了一些简单的建议,然后说"念五遍主祷文《我们在天上的父》,十五遍《万福马利亚》"。接着,我就抓紧念珠,匆匆走出房间,跪在祭坛前面。

举行完坚信礼后,葛尔姑妈和姥姥带我去了圣帕特里克大教堂,跟红衣主教斯佩尔曼一起喝茶。路上,我们三个人坐在银灰色的劳斯莱斯轿车里,我整个人都麻木了。除了跟红衣主教见面行屈膝礼的时候,整个茶会期间,我都是这种感觉。

姥姥喋喋不休地说着我们和圣依纳爵·罗耀拉的亲戚关系,葛尔姑妈倒是镇定自若,巧妙地把话题转到最近发生的事情上,提起我在格林韦尔小学参加的活动,试着让我参与谈话。

我们就像在演戏似的,坐在那个安静的房间里,面对红衣主教斯佩尔曼,外面车水马龙的喧嚣似乎全部消失了。

有那么一瞬间,在我眼中,葛尔姑姑变成了圣葛楚德,姥姥则是圣拿破仑。至于我呢,当然是圣弗朗西斯卡·雷金纳。为什么不呢?那个幻象只持续了一瞬间,但确确实实出现了。

坐车回旧韦斯特伯里的路上,我好想把当时的幻象告诉葛尔姑姑和姥姥,但觉得有点冒险。总之,姥姥因为见到红衣主教而激动万分,滔滔不绝地嘟囔个不停,就连葛尔姑姑也插不上话。

现在,我早就不参加弥撒了,但有时会觉得眼前有一层薄雾。如果能穿透那层薄雾,就能看见某个我熟悉的地方。

如果我不再是虔诚的天主教徒,那我是什么呢?大概是个不可知论者吧。但我相信,人的命运是由一股神秘力量暗中操控的。它让人能够忍受当下的生活,哪怕再艰难也能继续前行。结局是上天安排的。是的,我们自打一开始就无力改变,只能等待。

我们的选择是从一开始就设定好的。前进方向乃上天注定,事情发生都是天意,尽管我们暂时弄不清为何如此。

子:我不相信结局是上天安排的,我们要做的只是等待。我觉得您也不信。这听起来像是一厢情愿的说法。

一切都是上天注定的?得了吧。您一直在努力奋斗,塑造自己的人生,我也是。那些一生坎坷的人呢?那也是上天安排的吗?

母:我不是说我自己或者其他人一定会有好结局。但我确实相信,如果结局不好,那肯定是有原因的。那就像找到最后一片拼图。无论是好是坏,事情发生都是天意。

子：您真的相信事情发生都是天意？我可不信。事故呢？灾难呢？因为得不到净水或抗生素而早夭的孩子呢？我不觉得那些孩子的死是上天注定的。这毫无意义，毫不公平，绝不可能是上天安排或天意如此。关于这个话题，我们暂且求同存异吧。

三 成长:狂喜与悲伤

* * *

监护权大战结束后,我的外祖母继续住在纽约,定期从我母亲的信托基金里收到津贴,但数额已人人减少。法院的判决是,我母亲除了周末在有人陪护的情况下探望我外祖母,每年夏天还要和她共度几周。

* * *

母:我举行坚信礼的那年夏天,母亲宣布要带我做一次短途旅行。

那是监护权大战结束后,我的监护人弗利法官第一次允许她把我带出纽约州。母亲告诉我,我们要去好莱坞一趟。

"去看我的几个朋友,不是很有意思吗?"她问。当然会很有意思!我知道她说的是电影明星。我简直不敢相信!

火车之旅持续了三天,但我只觉得路途无比漫长,似乎没有尽头。

我和亲亲埃莉诺并排坐着,眺望窗外一晃而过的风景。我嘴里哼着歌:"好莱坞万岁,又蠢又怪的好莱坞……"

不过,只有母亲去隔壁包厢的时候,我才会哼歌。我可不想让她觉得我在犯傻。况且,我激动得声音直发颤,老是唱跑调。

事实上,我见到母亲的机会并不多。她每天都熬到很晚才睡,早饭和午饭都是女仆万斯拿大托盘给她端过去的。不过,她会和我们一起到餐车吃晚饭。

我们在阿尔伯克基车站下车闲逛了几分钟,我母亲和几个印第安人聊了一会儿。那些人戴着羽毛头饰,在站台上卖手工银饰和绿松石首饰。

等她回到车上,走进她的小包厢里,发现了一大篮白牡丹,还附了张卡片。有那么一瞬间,她看起来兴高采烈,但卡片打开后,她兴奋的表情顿时消失了。

"是莫里斯送的……真贴心。"她叹了口气,转过身去,望着窗外那个举起绿松石项链想要吸引她注意的男人。莫里斯·查洛姆是一名极其成功的法国室内装潢师,多年来一直和我母亲若即若离。

我们抵达洛杉矶后，住进了国宾大酒店。

我母亲做了各种各样的安排。首先是拜访女明星康斯坦斯·贝内特。她雇了个司机，又租了辆劳斯莱斯轿车，在逗留期间接送我们。我们坐车去比弗利山庄，贝内特和男星吉尔伯特·罗兰一起住在那里。

走进他们家，就像走进了一个淡黄色的世界——地毯、家具、窗帘，全是深浅不同的淡黄色。管家将我们引进门，一对打扮华丽的夫妇缓缓走下螺旋楼梯。

贝内特身穿淡黄色的贴身长裙，柔软的淡金色短发梳到耳后，戴着一对黄玉耳环。后来，我母亲艳羡不已地表示："她可真瘦啊，就连吃颗橄榄都瞧得出来。"

吉尔伯特·罗兰穿着淡黄色衬衫，脖子上松松地绕了条围巾，衬托出他英俊的面孔和乌黑的秀发。至少在我看来，那是激动人心的一刻！

母亲以一贯的从容自若上前寒暄，和他们亲吻拥抱，我则瞪大了眼睛坐在那儿，竖起耳朵听那些好莱坞明星的八卦消息。

下一站是医院，去探望女星莫琳·奥沙利文，她刚刚生下女儿。我看过她和约翰尼·韦斯默勒合演的每一部电影，简直无法相信自己真的坐在她床边的椅子上。

"当她的面说没事吧……"莫琳压低声音问我母亲，冲我的方向努了努嘴。

"哦，没事的。"母亲向她保证，微微摇了摇头。

我想她说的是生孩子的事。当然，我巴不得能多听听呢，但她们没有接着聊下去，我也就没听到任何细节。

第二天晚上，母亲带我去参加派对。派对是在日落大道的特罗卡德罗酒吧举行的。不过，她告诉我只能待一小会儿，因为那是成人的活动，会一直持续到深夜。我默默地和她坐在一张小桌旁，隔壁桌坐的是女影星朵乐丝·德里奥，对面桌是女影星洛丽泰·扬。

酒吧里挤满了电影明星。过去，我只能在漆黑的影院里，在大银幕上看见那些人。但此时此刻，我实实在在坐在她们身边！别以为我没有意识到，我母亲的魅力足以和她们中的任何一个媲美！至于我这个小胖墩嘛——还有的是时间减肥呢，不是吗？我发誓要实现瘦身目标！我激动万分，心跳加速，贪婪地饱览烛光点点的酒吧，想把一切统统印在脑海里。我知道，自己很快就得离开，钻回停在外面的轿车里。亲亲埃莉诺就坐在车里，等着带我回国宾大酒店。

当天晚上，我兴奋得睡不着，脑海里反复上演酒吧里的一幕幕。

过了几天，母亲又带我去比弗利山庄。她说要给我一个"大惊喜"，但怎么可能嘛？轿车停在罗迪欧大道的一栋豪宅外面，她告诉我，女影星玛琳·黛德丽就住在里面，她在等我们！

司机拉开车门的时候，母亲说："波波，你在这里等着，我先进去一下。"

她心情好的时候偶尔会喊我"波波"。我兴奋得都要发疯了——我马上就要见到那位最神秘、最迷人、最美丽的电影明星了！

在旧韦斯特伯里，我瞒着所有人，尤其是葛尔姑姑，在抽屉里藏了一张十二乘十四寸的黛德丽的照片，上面有母亲特意请她给我签的名。此时此刻，我就在黛德丽家门口，马上就要见到她了！其他任何事都没这个重要。

"时间不早了！"我焦急地扳着手指头。

但母亲一直没有出来。怎么要花这么长时间？

"几点了？"我问司机。

我知道她进屋起码一小时了。我开始担心，生怕她出什么事了。

最后，她终于钻回车里，但没有领我出去，而是坐在我旁边，让司机送我们回酒店。"抱歉，玛琳不太舒服。你只好下次再见她了。"她对我说，仅此而已。回程路上，我们俩都一言不发。

多年以后，我嫁给了西德尼·吕美特，我们一起去玛琳在纽约的公寓吃晚饭。她在门口迎接我们，只化了淡妆，身穿护士服，脚蹬白色平底鞋。另一位客人是大作家欧内斯特·海明威，他在哈瓦那结识了我同父异母的姐姐凯瑟琳。我和西德尼坐在客厅里跟海明威聊天，玛琳则在厨房里亲手准备晚饭。她时不时会走到客厅，加入我们热火朝天的交谈。

那是我第一次见到她，感觉一点也不真实。我们四个人轻松自然地坐在餐桌旁，边聊天边享用她亲手烹饪的美味佳肴。但在我看来，在场的还有第五位客人——我母亲。

在那次好莱坞之旅中，某个周日，我们跟莫琳·奥沙利文（她当时已经出院回家了）和她丈夫——电影导演约翰·法罗共进午餐。用餐期间,他冲我点了点头,低声对我母亲说:"她有'那个'。"

我不明白他是什么意思,但我翻过一大堆电影杂志,知道女影星克拉拉·鲍有"那个",所以"那个"肯定是个好东西。那年夏天,我总是盯着镜子瞧来瞧去,想弄清他到底在我身上看到了什么。

我好希望自己能跟康斯坦斯·贝内特一样瘦,或者像我美丽的母亲一样苗条。我一直心惊胆战,生怕自己永远都胖乎乎的。最后,我得出结论,我应该相信上帝,尽可能利用自己已有的东西。就算我长得没有母亲美,但我就是我,应该物尽其用。我盯着镜子,心想:"我就长成这样,好好利用吧。相信它,信任它,自信会让你成功的!"

* * *

1941 年夏天,我母亲升入高中毕业班之前,我外祖母邀请她去洛杉矶小住。葛洛莉娅·摩根·范德比尔特当时已经搬离纽约,跟双胞胎妹妹塞尔玛一起住在比弗利山庄的豪宅里。

我母亲原计划只在加州待两周,但等她到了那里,发现自己有生以来第一次没人管束,就决定不回姑妈身边,不回旧韦斯特伯里了。她再也不要过那种备受束缚的生活了。

* * *

母：直到今天，回想起那年夏天发生的事，我还心痛如绞。他们不该让十七岁的我去洛杉矶探望母亲的。那是个错误，是个悲剧。我犯了可怕的错误，做了愚蠢的选择，至今回想起来还窘迫不已。如果我没有去，就能在1942年读完高中。我也许会申请大学，或者进艺术院校，那才是我真正想做的事。

弗利法官准了我两周的假，让我去看母亲，只要有人陪护就行。

弗利不知道的是，那个名叫康斯坦斯的女人不得不进行"远程陪护"，因为我母亲没在家里给她安排客房。她住进了酒店，在那里孤零零待了几天，跟我一面也没见着。后来，我母亲告诉她，我们已经不需要她了，她就走了，回了纽约。从此以后，我再也没有见过她。葛尔姑姑对这个一百八十度大转折极为不满，但也无可奈何。

起初，那种生活就像天堂一样。我一到洛杉矶，就住进了母亲和塞尔玛姨妈位于枫叶大道的豪宅，和她们一起在露台上吃午饭。当时，塞尔玛姨妈已经和弗内斯爵士离异，正和一位名叫爱德蒙·罗威的帅气男演员共谱恋曲。

母亲坐在我身边，女仆万斯端来一大盘烟熏三文鱼。我们坐在一把太阳伞底下，阴影投在我母亲和她双胞胎妹妹的脸上。她们聊着朋友的八卦新闻，某个电影明星的小道消息，听得我心花怒放。我以前为什么会怕她？为什么我们母女俩分别了那么久？

没想到，那竟是我们一起吃的最后一顿午饭。

几天后，突然冒出一个叫基蒂·凯利的女人。她是个女演员，职业生涯是从齐格菲歌舞团开始的，在二十世纪三四十年代的好莱坞电影里扮演过一些小角色。

我第一次看见她们在一起，就知道有事会发生。我凡事被动的母亲显然被基蒂外向的性格深深吸引了。她们说着别人听不懂的笑话，一起咯咯直笑，与其说是朋友，不如说是恋人。

跟基蒂在一起的时候，她的一举一动证实了，监护权大战期间关于她是同性恋的指控千真万确。我简直惊呆了，再次陷入恐慌，担心自己长大后也会变成"那样"。

我母亲会去基蒂家，一去就是好几天。有一次，她们从那里打电话回家，半夜吵醒了我。她们俩都喝得醉醺醺的，轮流抢话筒跟我说话，说她们听说我"吸大麻"。其实，当时我还不知道那是什么玩意。

我挂了电话，孤零零地躺在漆黑的房间里，惊恐万状。

塞尔玛姨妈一度跟男演员爱德蒙·罗威锁在房间里好几天不出来，但就连她这次也没辙了，问我："我该拿你妈怎么办呀？"

我不知该怎么回答。从一开始，我和母亲就不算亲近，我们之间并没有亲密的纽带。难不成她也怕我，就像我怕她一样？

跟她和塞尔玛姨妈一起住在那栋豪宅里，就像和陌生人一起住酒店，我们都尽可能躲着对方。我来去自由，想回就回，想走就走。母亲对我想做什么毫不关心。

直到现在，我才意识到，她由着我爱做什么就做什么，是为了引诱我离开葛尔姑姑。她的办法奏效了。我的脑子里一团糨糊，觉得葛尔姑姑是邪恶女巫,打算偷走我新发现的自由。其实,我根本不知该拿这些自由怎么办,同时也害怕得要命。

我就像飞出笼子的小鸟,但最初的新鲜劲一过,残酷的现实就摆在了面前——我没巢可回了。无论我飞往哪个方向,都只会越来越困惑。原定两周的探亲假拖成了几个月。葛尔姑姑盼着我回纽约,陪护人康斯坦斯也在那里等我,而且九月我就该升入高中毕业班了,但我没法想象回去后的生活。住在纽约的那个女孩已经不复存在了。

接着,突然之间,基蒂从我们的生命中消失了,母亲和塞尔玛姨妈再也没提过她的名字。到底发生了什么事?我没有问过。后来,母亲待在家里的时间多了一些,但我还是很少见到她。

我偶尔会在出门前看见她。她坐在客厅的沙发上,一边啜饮苏格兰威士忌加苏打水,一边朝我大喊:"玩得开心点,波波。"

有一次,我试图跟她搞好关系,可惜失败了。她的睡榻是一张超级大床。有一天晚上,我问她,能不能跟她一起睡。她同意了。我躺在床的一边,她躺在另一边。

我不知该说些什么,显然她也想不出来。我们默默无语地各躺一边,仰面朝天,盯着漆黑的天花板。

"晚安,妈咪。"我终于开口了。

"晚安,亲爱的。"她回答说,一动不动地躺在黑暗之中。

突然,我心头涌上一阵爱意,好想把她拉过来,紧紧搂住她。我翻过身,伸出手去。但正当我这么做的时候,她床头柜上的小收音机传出了微弱的声响。

她肯定是在我没注意的时候扭开了收音机。里面传出了欢快的广告词:

> 晚上好,朋友们。
> 我们推荐蓝盘二号。
> 我们的美食是全西欧最棒的。
> 我们能为您做些什么?

借着收音机发出的微光,我发现,她已经进入了梦乡。

子:您说您觉得那年夏天就像飞出笼子的小鸟。有了那么多自由,您都做了些什么?

母:每天晚上,我都出去跟男影星约会。能吸引我注意力的,都是比较年长的著名男星——埃罗尔·弗林、乔治·蒙哥马利、雷·米兰德、范·赫夫林、布鲁斯·卡伯特、爱德华·阿什利。起初,这让我兴奋不已。但那些男人都是好莱坞的采花高手,对我来说并不是什么好事。

子:埃罗尔·弗林?您十七岁的时候和演罗宾汉的那个人约会过?

我还记得小时候，我们一起看老电影，有时我会问您认不认得其中某个男星。

"哦，认得……"您会这么说。虽然您没有详细说明，但接下来的沉默总是显得意味深长。

我明白为什么您会兴奋不已，但我没法相信，您母亲竟然没有试图阻止，或者至少提醒您多加注意。就像您说的，那些家伙全是采花高手，您在家里一直备受呵护，在那些人身边怎么保护得了自己。

母：跟老男人约会不但不合时宜，而且别提多危险了。每周六晚上，我都会去莫卡波夜总会或西罗夜总会。女仆万斯会往浴缸里撒一大把伊丽莎白·雅顿牌的泡泡浴盐，再把热水开到最大，让水面上慢慢浮起一大堆香气四溢、雪白蓬松的泡泡。

"葛洛莉娅小姐，您今晚打算穿什么？"她会问。

"霍华德·格里尔做的新裙子，带亮片的那条，刚刚送过来的。跟女明星丽塔·海华丝穿的一模一样。格里尔照着样子给我做了一条……"

我钻进温暖的泡泡里，万斯则打开衣橱，把那条裙子铺在床上。她会给我端来我父亲的银色鸡尾酒杯，里面盛满冰镇的半干型雪利酒，从外面看就像结了霜似的。我会啜上一口，然后颤抖着滑进泡泡里。我好想知道，母亲知道我喝酒吗？她有没有想过，我当时才十七岁，还没到合法的饮酒年龄？

"万斯,麻烦把《埃尔默小调》放上留声机。"安德鲁斯姐妹的歌声在屋里回荡,我则跟着哼唱。

是什么让八十岁的老妪放荡不羁?
为什么公鹅会四处闲逛寻找母鹅?

我从泡泡里站起来,摇铃召唤万斯,让她再倒一杯雪利酒。她会把酒杯搁在我的梳妆台上,我盯着镜子决定晚上化什么妆的时候,正好可以小口啜饮。

我会往全身上下洒满夏帕瑞丽牌香水。那是夏帕瑞丽的"惊艳",瓶身是女性躯体的形状。因为这个名字,它成了我的标志性香氛。没错,令人"惊艳",那就是我想成为的人,而不是个十七岁的傻姑娘,压根不知道前方的路要怎么走。

每个周六晚上的准备仪式都会持续好几小时,但结果总是不合我意。我一直心怀希望,觉得母亲说不定会过来,看见我盛装打扮的样子,然后对我报以赞许。说不定她还会夸我漂亮呢。但她从来没有这么做,因为她从不在我身边。

"欢迎回来。"门卫会微笑着领我进入莫卡波夜总会。当我伴着某位电影明星进门的时候,大家会纷纷扭过头行注目礼,领班会把我们引向前排座位。乐队奏响摇摆舞的旋律,红男绿女大跳贴面舞,人人都光彩夺目。我会被误认为坐在舞池边的某位明星吗?很有可能!我不该在那里,但其实就在那里,不是吗?当时,我认为这才是最重要的。

我无法想象母亲竟然会允许我这么做。我绝对不会允许自己的孩子像1941年夏天的我一样玩得那么疯。

子:我能看出我们的相似之处——类似的冲动和处事方式。过去,我根本不知道我们母子俩竟然如此相似。我有一张和您的拍立得合影,一直搁在我的办公桌上。那张照片是1985年拍的,当时我十七岁,即将离家前往非洲半年。我想要冒险,渴望远行,决定在高中最后一学年办停学手续,乘卡车穿越撒哈拉沙漠以南的非洲。

这显然不同于在好莱坞疯玩、跟电影明星约会,但同想做个成年人、想自力更生的愿望如出一辙。我比同样年纪的您目标更明确,也更有责任感。我已经申请了大学,只是觉得高中最后一学期待在纽约老家没什么意义。我向学校提出申请,指出从南非一路前往中非共和国,每天晚上都扎营露宿,是一件非常有教育意义的事。毕竟,那是一趟学习之旅。但出乎我意料的是,学校竟然同意了。我从没想过您可能不放我走。

我的决定让您既紧张又难过,但在照片上,您还是微笑着站在我身边。

您递给我一张字条,让我去机场的路上再看。直到今天,我还留着它。

亲爱的安德森：

我想让你知道，无论从哪个角度来看，我都非常健康，而且会继续保持，你不用担心我。

我还想让你知道，从第一次看见你的那一刻起，你带给我的只有喜悦。我会永远记住你的点点滴滴。祝玩得开心。

妈妈

虽然您从来没有试图劝我别走，但让我去那么远的地方，一去就是那么久，对您来说肯定很不容易。爸爸七年前去世，卡特也去上大学了，所以我离开后，您就是孤零零一个人了。

我想您知道，我从小就读过讲非洲的书，一直对那里很感兴趣。我们住在联合国附近的那几年，联合国大楼前飘扬的各国国旗让我着迷。我对扎伊尔的国旗特别感兴趣。那面旗以浅绿色为底，中间有个黄色大圆圈，里面是只男人的拳头，握着一支熊熊燃烧的火炬。据说，那只拳头是独裁者蒙博托·塞塞·塞科的。我读过许多关于扎伊尔和蒙博托残酷统治的书。对我来说，能亲身前往那里，是个非常难得的机会。

要是没有踏上那趟旅程，我的人生轨迹也许会截然不同。在非洲度过的那几个月让我有了自信。后来，当我决定去交战地带做报道时，我知道自己可以重返非洲，而且自己一个人就能搞定。

从那时起，您就不得不经常和我道别。我都不记得有多少次，我在去机场的路上给您打电话,想要找出最好的方法,告诉您我即将飞往危险地带。

"嗨,妈妈,抱歉,快走了才给您打电话,但我得去阿富汗待一阵子。"

"哦,是吗?……好吧。"您会这么说。

我能听出您嗓音里的恐惧和担忧,但您从来不会让我别去。

"多加小心。"您只会这么说。

母:我给你写了那张字条,是为了让你不用担心我。事实上,你要走了,我心里怕极了。但我知道,这次旅行对你来说很重要。虽然你年纪轻轻,但我知道你头脑聪明,能照顾好自己。所以,我相信你会没事的。

回想我十七岁的时候,根本不知道自己在做什么。我只会头脑发热地往前冲,只想一夜之间来个大变身,从缺乏安全感的青少年变成魅力无穷的成年人。但我没有指南针,跌跌撞撞地闯了好几条新路子,才发现自己比过去更困惑不安,更迷失方向了。

为了能自己一个人搞定,你做了好多年的准备。而且,你一直非常独立。到了某个节点,你必须放开手,让孩子自己去闯荡,自己做选择,展现真实的自己。

要是你跟电影明星鬼混,夜不归宿,我的反应肯定不会是这样。但你十几岁的时候,我从不担心你会走上邪路,所以觉得没必要时刻盯着你。

相反，我十七岁的时候，迫切需要一个人时刻盯着我。那年夏天，我犯下了一生中最大的错误。

我和朋友在比弗利山酒店吃饭的时候，遇见了一个叫帕特·迪西科的男人。他径直走上前来，做了自我介绍。他算是给影视大亨霍华德·休斯打工的，但据我所知，他主要是个赌棍，靠玩扑克牌赚钱谋生。几年后，我偶然看见报纸上的一篇文章，说他是电影经纪人兼制片人，据说还是个跟着"幸运小子"查尔斯·卢西亚诺混过的黑帮马仔。哎呀！

我们刚认识的时候，我并不知道他有暴力倾向，等我发现的时候已经晚了。我深深迷上了他，还有关于他的那些小道消息。他娶过女明星塞尔玛·托德，两人离婚后，别人发现塞尔玛死在了车库里。头一天晚上，她在派对上见过帕特，两人发生了口角。虽然她的死被判定为意外或自杀，但有传言说是帕特杀了她。那个故事就像小说里的情节，引起了我无限的想象。

子：等等，他是个赌棍，据说还杀了人，您竟然还跟他约会？人们通常可不会把这些玩意放在个人资料里吸引约会对象。您不觉得应该离这种人远远的吗？您爱他吗？

母：这跟"爱"没关系。我只是被他迷住了，就像中了魔咒一样。我根本不知道自己在做什么，也没人把我拉到一边提醒我。你会觉得惊讶是很正常的。

一个十七岁的年轻姑娘,有那么多别的选择,那么多值得期待的东西,为什么会迷上一个臭名昭著的三十三岁赌棍,而且没过多久就嫁给了他?

很多年以后,我才找到答案。不妨继续用玛丽·戈登的话说:"缺少父亲的女孩容易陷入狂热的迷恋……只能通过英勇、绝望、极端的行为获得满足。"

跟帕特·迪西科在一起,既是狂热之举,也是绝望之举。他孔武有力,霸气逼人,自信满满。当你像我一样自卑的时候,这些个性特征是极具吸引力的。他挺像男歌手迪安·马丁的——高大、黝黑、英俊、外向。帕特能让一屋子的人爆笑不止,滑稽的不是他说的话,而是他说话的方式。为了逗人发笑,他什么事都做得出来,还常常拿我编段子。

遇见帕特·迪西科后不久,有一天,我打算出去找他,刚走出房门,就看见母亲也在下楼梯,就走在我前面。她没意识到我跟在后面。她美丽的脸庞平时总是紧绷着,那天却挺放松,似乎心情不错。她穿着一条我从没见她穿过的浅绿色丝绸长裙,乌黑的秀发没有盘成发髻,而是松松地披在肩头。

我愣在原地,目送她走到楼下的客厅,坐在沙发上,面对自己的一幅肖像画。那是她和我父亲在巴黎度蜜月的时候,我父亲特别委托画家达纳·庞德为她画的。

"万斯,我在等休斯先生,他六点过来。请把他带到客厅。"她大声说。

我下了楼,朝前门走去,没跟母亲说话。我的手刚碰到门把手,门铃就响了。我打开门,面前站着一个高高瘦瘦、看起来颇为感性的男子,我感觉膝盖发软。

这就是我初次见到霍华德·休斯。

我赶紧说了声"你好",可万斯就站在我背后。我匆匆走了出去,万斯把他领进了客厅。

当天晚上我回到家的时候,母亲已经睡下了。因此,我不得不等到第二天下午,等她终于从房间里出来,才弄清休斯先生是来做什么的。原来,他来找母亲聊我的事,想请我去试镜。

"当然了,我告诉他这是不可能的。"母亲似乎挺不高兴的。

"为什么?为什么?"我大喊,"为什么不可能?"

"你觉得你能做演员?"她瞥了我一眼。

"我当然觉得,我想过的,我想过的!"我只想尖叫,但没有这么做。

相反,我和霍华德好上了。当我打开那扇门,第一次看见他的时候,我们之间就发生了化学反应。我下决心要见他,九头牛也拉不回。

母亲发现后,似乎根本不在乎,也没有再提过他。后来,我才知道她气极了,因为霍华德第一次登门造访的时候,她还以为他是来约自己出去的。

那段恋情刚开始的时候,我就告诉霍华德,帕特让我心惊肉跳,而且总在逼迫我。于是,他把帕特派去了芝加哥,给泛美航空公司做些小活儿。这让我大大松了一口气。不过,我对自己很失望,因为我没有勇气跟帕特一刀两断。

子:每当我想起霍华德·休斯,都会想象他隐居在拉斯维加斯沙漠酒店顶层的豪华公寓里,不停地抽纸巾擦手,生怕受细菌感染。

母:我没法把当时跟我约会的那个男人和他后来的样子联系起来。我认识他的时候,他才三十六岁,天性浪漫,温柔多情,但又大权在握,能够统治世界。

我从没见过像他那样的人。他男子气十足,又带有一丝柔弱。他沉默而害羞,在体验过帕特的粗鲁残忍后,这两点显得颇有吸引力。

跟霍华德一起的时候,我能感觉到他非常在意我。跟他在一起,我非常轻松自在。哪怕是在聊天时陷入沉默,我不会想该怎么填补那段空白。我们不说话也像呼吸一样自然,仿佛早已熟识,而每次见面都欣喜若狂,宛如初次相见。

霍华德的占有欲极强,一直对这段恋情保密。我再也不能在莫卡波或西罗夜总会跳舞跳到天亮了。他会开着奥兹莫比尔轿车到母亲家接我,奔向某个地方。我从来也搞不清要去哪里。他经常开飞机带我去卡特琳娜岛,在岛上的海滨餐厅共进晚餐。有时候,在他的私人放映室里,他会骄傲地向我展示他制作和执导的电影,其中包括珍·哈露主演的《地狱天使》(*Hell's Angels*),那也是他第一部大获成功的影片。有时候，他晚上要工作，就让我在放映室里等他。我会坐在那儿看电影，直到他拎着野餐篮突然现身。我们会从篮子里拿出美酒佳肴，搁在膝头，尽情享用。

最重要的是，我们的性生活酣畅淋漓。那年夏天，我还是第一次不用在做爱的时候假装高潮。

可惜没过多久，帕特就弄清了霍华德为什么把他派去芝加哥。他知道我们经常见面，就开始打电话骚扰我。

"放聪明点，小胖墩。他永远不会娶你的！"他会在电话那头大吼。

我充耳不闻，但开始怀疑，也许他说得没错。没跟霍华德在一起的时候，我的内心满是疑虑。他可以拥有世界上任何一个女人，我怎么比得过那些美女？

随着约会一次次增加，我们的关系越来越近，但他从没有提过结婚的事。小小年纪的我从没想过，在做出认真的承诺之前，我们需要多花点时间相处。我们才刚开始约会，但我已经等不及了。当时的我既疯狂又冲动，急于离开母亲，但又决定不回去上高中，不跟葛尔姑姑一起生活了。

那个夏天快结束的时候，我的法定监护人弗利法官突然叫我马上回纽约见他。我高中的最后一个学期即将开学，他想知道我为什么不在纽约。

霍华德会想我的，这一点我很确定。但他会向我求婚吗？这个我就不清楚了。毕竟，我们刚认识几个月。母亲坚持要跟我一起坐下一个航班去纽约。霍华德跟机长打了招呼,机长走到我的座位旁,说休斯先生让他护送我去驾驶舱,我可以亲眼看他们开那架巨大的喷气式飞机。

整个飞行过程中,霍华德的声音一直在我脑海中回响:

我爱你,葛洛莉娅。

还有我自己的声音:霍华德,我也爱你。

我们互相倾诉爱意。他说得情真意切,我也是。我心里一点也不怀疑,这全是真的。一切都会好起来的。

但飞机落地后,我才发现情况并非如此。一切都出问题了。

我没有去格林尼治村的葛尔姑姑家。

相反,母亲带我住进了公园大道上的马尔格里酒店。我们的套房里摆着个水晶碗,里面插着一大捧黄玫瑰。我冲过去打开卡片,得知是霍华德送的。

跟弗利法官见面之前,我去看了姑妈,也很高兴见到她。我们坐在壁炉前的沙发上,我张开胳膊搂住了她,把霍华德的事告诉了她,炫耀说我们打算结婚。她笑逐颜开,但相当谨慎。

"我觉得最好等你高中毕业。到那个时候,再看看你是怎么想的。"

当然,这是个明智的建议。但她接下来说的话可把我吓坏了:"给他打个电话。你可以在电话里介绍我们认识。"

我浑身颤抖着上了楼，拨了他的电话号码，想象葛尔姑姑会恭喜我们订婚。霍华德很快接了起来。我们倾诉了对彼此的思念，但我一句也没提到姑妈。我回到楼下，姑妈在那里等着。

"他现在很忙，葛尔姑姑。下次吧……"

"哦。"她的语气挺愉快，但似乎有些惊讶。

回酒店的路上，我一直紧紧握着朵朵寄给我，让我送给霍华德的宗教徽章。我写了信给她，告诉她我们在恋爱。她请人在徽章上刻了我们的姓名缩写"格·范致霍·休"和"1941年11月11日"。我犹豫不决，没有给他。直到今天，那枚徽章还在我手里。

当天晚上，我去皮埃尔酒店参加派对，他就在那里——不是霍华德，而是帕特·迪西科。他完全无视我，就像我不存在似的。我也假装没看见他，直到他满脸敌意、怒气冲冲地朝我走过来。

"你这是干什么？"他边说边拽住我的胳膊。

我吓坏了。他一言不发地盯着我，然后一把将我拽到身边，说："你得嫁给我。"

我满心厌恶，但又为他的颓废阴暗深深着迷。他吸引我的究竟是什么？是因为我太自卑？还是因为我不敢向自己承认，他这么对我是我罪有应得，他惩罚我是因为我让美丽的母亲蒙羞，在监护权大战中背叛了她？

我只要跑回姑妈身边，就能安然无恙，但我没有这么做。第二天，我告诉母亲，帕特向我求婚了。她欣喜若狂，急忙给《纽约时报》

打电话，宣布我们订婚的消息。一切都发生得太快了。每次我想给霍华德打电话，就会陷入恐慌，所以那个电话始终没有拨出。

我去见弗利法官的时候，帕特坚持要陪在我身边。弗利法官掌管着我的家族信托基金。他要求帕特签一份协议，表示如果我们离婚，他无权得到我的财产。帕特就像被泼了盆凉水似的暴跳如雷，冲着弗利破口大骂。当时的场面实在吓人。我把头埋在两个膝盖中间，呜呜直哭，但帕特把我从房间里拽了出去，没在协议上签名。那是我最后一次见到弗利法官。

"愿你永远像现在一样幸福。"母亲不时冲我咯咯轻笑。她和塞尔玛姨妈一直东奔西跑，忙着制订婚礼计划。当时的情景就像诡异版的《爱丽丝梦游仙境》。

怎么会发生这种事？

如今，我能找出许多不同的理论，但真正的解释只有一个：幼稚的十七岁姑娘在幽暗的森林里玩"捉瞎子"游戏。霍华德待我像女王一样，但我觉得自己不配被爱，而帕特深知我内心的自卑。于是，我转眼之间就成了帕斯夸莱·约翰·迪西科太太。这一点也不奇怪。

子：这证明了您有多孤独，没有人让您先坐下来，帮您做出更好的选择。

我在视频网站YouTube上找到了一部《福克斯影音新闻》的新闻短片。您和迪西科站在教堂外面的台阶上，警察挡住了围观的人群。

大风吹起了您的面纱，那场婚礼看起来一片混乱。有那么一瞬间，您似乎被迪西科说的话逗笑了，但那个笑容是硬挤出来的。您笑得好僵硬。

母：哦，老天啊，那场婚礼！1941年12月28日，我们在海滨小城圣巴巴拉的老天主教堂举行了婚礼。婚礼规模不大，是用我母亲从弗利法官那里拿到的津贴付的账。

我独自一人走过红毯，身穿霍华德·格里尔设计的长裙，拖着长达九米的面纱。按照传统，应该由我母亲的哥哥，也就是我舅舅哈里·摩根，代为行使父亲的权力，"将新娘交给新郎"，但他不想跟那场婚礼扯上半点关系。他和他的子女都拒绝和我打交道，责怪我在监护权大战中背叛了母亲。

我站在圣坛上，像僵尸一样茫然无措，只是机械地站起，跪下，站起，跪下……长达四小时的大弥撒似乎看不到尽头。我身边那个高大的陌生人是谁？他一言不发，活像摆在商店橱窗里的人偶。

仪式终于结束了。浑身僵硬的新郎新娘转过身，走过红毯，来到教堂外面的台阶上。狗仔队和普通公众都聚在那里观礼。有一份报纸提到"新郎仍然没有亲吻新娘"。确实如此。

婚礼派对是我母亲和塞尔玛姨妈主持的鸡尾酒会，在她们位于枫叶大道的家中举行。我说起霍华德·休斯的时候，葛尔姑姑似乎挺惊讶，但她同样反对我嫁给帕特。毫无疑问，她没有来参加婚礼。朵朵和姥姥来了，但还是离我母亲和塞尔玛姨妈远远的。她们兴奋地打量着周围的电影明星，朵朵评论说："丽塔·海华丝是唯一一个看起来像贵族的。"

至于我们的蜜月旅行，帕特的老伙计布鲁斯·卡伯特借给他一辆新车。我们开车去堪萨斯州，帕特正好去那里接受军训。当时距珍珠港遭遇空袭只过了几周，帕特参了军。布鲁斯借给他的车是一辆闪闪发光的银色轿车，就像从《飞侠哥顿》（*Flash Gordon*）漫画里蹦出来的。帕特哈哈大笑，给它取了个绰号"飞侠哥顿的便盆"。

"我们的新婚之夜在哪里过？"我们驾车离开，冲宾客们挥手作别的时候，我问帕特。

"等着，是个惊喜。"他答道。

那当然是个惊喜。在路上开了几小时后，我们在乔·申克位于棕榈泉的豪宅门口停了车。申克当时是二十世纪福克斯电影公司的董事长。在他家里，喜剧演员泽伯·马克斯和一群男人在玩扑克。那些人都在吞云吐雾，只透过烟雾瞥了我们一眼，点点头就当打招呼了，然后指了指走廊对面的房间，表示那就是我们的新婚套房。

"安顿下来，"帕特对我说，"我去去就来。"

我躺在漆黑的房间里，一直等到第二天早上六点，他才回来……说直白点就是……匆匆打了一炮。然后，我们出去吃了热狗当早饭，接着就继续上路了。

帕特在军队里的时候，我在堪萨斯州章克申城的一间小出租屋里住了两年。他周末休假的时候，我才能见到他。我一点也不期待他回来。他只会泼我冷水，喊我"小胖墩"，或者大发雷霆，滥施暴力。他会冲我大吼，还会扇我巴掌。

我羞愧不已，但找不到人谈这些事。我显然不该那么草率就决定嫁给他，但我母亲极力促成了这桩婚事。

我婚后四个月，葛尔姑姑就去世了。我一时间无法接受。我们一直没能再说上话，因为她反对我嫁给帕特，就连她病了也没人告诉我。我去纽约参加了她的葬礼。坐车回酒店的路上，我彻底崩溃了，哭得歇斯底里。我伤心透顶，觉得再也没人能帮我摆脱困境了。

子：虽然您的姑妈既冷淡又内敛，但她试图给您提供安稳的生活，那是您从来没有体验过的。上个星期，我在仓库里发现了一盒她寄给您的信。她用文字表达了从未对您亲口说出的话。她提出要和您"好好聊聊"，还说了她有多在乎您。从那些信里，可以清晰地看出她很爱您，想和您取得联系。要是在你们一起生活的那些年里，她能把那些话说出口就好了。

母：那个可怕的夏天，我住在洛杉矶的时候，她给我写了很多信，字里行间柔情满溢，但她从来没有当面对我说过。你把那盒信寄给我，我逐一翻阅过后，给她写了一封信。这让我感觉好受了一些。也许身在天堂的她能收到这封信吧。

最亲爱的葛尔姑姑：

虽然现在已经太晚了，但我有一些事想要告诉您。对不起，我十七岁做的那些事大错特错了。我希望您能知道，我那么做是出于困惑和恐惧。我非常孤单，脑子里一团糨糊，不知该怎么办。

那年夏天，我和母亲一起住在加州，当您提议"好好聊聊"的时候，已经太晚了。要是和您一起住在旧韦斯特伯里的时候，我们从一开始就能"好好聊聊"，我也许会走上一条完全不同的人生道路。但上天注定不会如此。

我只想告诉您，我有多爱您，多感激您。您拯救了我，让我摆脱了对母亲的恐惧。真希望我们能多多相互了解——也就是说，拉近彼此的距离——但让我深感安慰的是，人死后会比在生前亲近得多。

很抱歉，我让您失望了。但我必须原谅自己，因为当时我心乱如麻，找不到别的解决方法。我相信您会理解的，也会原谅我的。更重要的是，我希望您知道我有多爱您。谢谢您为我做的一切，谢谢您给我的一切。

爱您的葛洛莉娅

子：要是您没嫁给帕特·迪西科，而是回纽约和葛楚德姑婆一起生活，结果会怎么样呢？她是1942年4月去世的，那时您高中应该快毕业了。如果您没嫁给霍华德·休斯,可能已经准备上大学,或者进艺术院校了。

母:我经常会想象,结果本该是什么样子。但和想象的不一样,帕特驻扎赖利堡的时候,我在章克申城住了两年。1942年,我们去华盛顿特区做了一趟短途旅行,见到了参议员哈皮·钱德勒。他看起来确实是个"快活"的家伙①,就算他不是,也装得挺像的。帕特和哈皮一见如故。两个人都爱讲笑话,虽然我从来都不觉得好笑,但还是会跟他们一起笑。很快,帕特就称他为自己最好的朋友。他们真是一对快活的好搭档。

有一天晚上,我在华盛顿的一家餐馆和他们共进晚餐。帕特告诉我,哈皮有人脉,能把他从中尉升为上尉,只要我们能掏出一万美元现金就行。我们三人围坐桌边,帕特和哈皮满脸期待地盯着我。

我当时还不满二十一岁,还没有拿到即将继承的财产,只是按月拿津贴。帕特心知肚明,但我们回到酒店后,他开始冲我大吼大叫。"乖乖坐下,给休斯打电话。跟他说,你要借一万块,等你满二十一岁了就还他。小胖墩,不用瞒着他,告诉他这钱是用来干吗的。"

"我办不到。"我边说边哭了起来。

---

① 哈皮·钱德勒的英文名为 Happy Chandler,Happy 有"快活"之意。

帕特双眼圆睁，怒气冲冲地拿起电话，塞进我怀里。

我吓得要命，不得不给霍华德打电话。自从宣布和帕特订婚，我就没和霍华德联系过。

霍华德接起电话，只说了一句："我还以为你打电话过来，是说要回到我身边呢。"

我再也没有跟霍华德说过话，帕特也没得到他根本不配得到的提拔。

子：人们会出于各种各样的原因维持婚姻，但您当时明明还有别的路可走。您可以回到母亲身边，也可以搬回纽约。您有律师，还有法定监护人詹姆斯·弗利法官，他管理着您的家族信托基金。您为什么不离开迪西科呢？

母：哦，亲爱的，为什么人们会维持糟糕的婚姻呢？我知道自己犯下了可怕的错误，但找不到出路。我是个缺乏安全感的十八岁姑娘，从没感受过家庭的温暖，也想不出别的地方可去。我做了那么大逆不道的事，葛尔姑姑肯定不希望我回去——起码我是这么认为的。

我第一次有了自信，是在从洛杉矶回章克申城的火车上。我隔壁坐着个老人，旁边是他儿子。我埋头读着简·奥斯丁的《傲慢与偏见》，突然听见有人提到我的名字。我从书页间抬起头来，只见那两个男人聊得热火朝天，显然不知道他们八卦的对象近在咫尺。

"范德比尔特家的那个小姑娘真可怜。她还是个孩子,生在那个大家族,还有大好前程,为什么没有人做点什么,阻止她嫁给那个吃软饭的小白脸?"

我的脸"唰"地红了,真想冲出车厢,跳下火车。可我浑身僵硬,一动也动不了。

"据说迪西科杀了他的第一任太太,那个女明星塞尔玛·托德。真不知道他是怎么让葛洛莉娅嫁给他的。她还是个十来岁的孩子,而他都三十多了,比她老多了。"

我继续埋头看书。他们接着聊起了我母亲(说了她不少坏话)和葛尔姑姑(关于她的倒是好话),但话题总会转回我和迪西科身上。

"她的人生是这么起步的,结局肯定好不到哪里去。"

我的结局好不到哪里去?虽然是个陌生人说的,但听见别人大声说出这句话,我还是吓了一跳。

列车抵达章克申城,我们排着长队,慢慢走下火车。我敢吗?我有那个勇气吗?

我轻轻拍了拍那个老人的肩膀,他转过身来。"我就是葛洛莉娅·范德比尔特。"我说。

他哑口无言,一脸尴尬。他儿子也是。我觉得他们都快晕过去了。

然而,我看到了一线希望。我第一次做出了选择,鼓起勇气为自己说话。

* * *

　　在被派往海外服役前夕,帕特·迪西科得了败血病,这种病在当时是致命的。他后来恢复了健康,但被迫退伍。1945年1月,我母亲终于离开了他,结束了为期三年的婚姻。她在二十一岁生日前一个月回到纽约,继承了在当时价值四百多万美元的家族信托基金。

* * *

　　母:我知道自己很快就会继承财产,所以更有自信了。但让我下定决心离开帕特的是,我真的越来越害怕他了。他会突然大发雷霆,扇我巴掌,挥拳揍我。最后,我告诉他,我想要离婚,并在二十一岁生日前不久离开了他。他的好伙计兼赌博搭档乔·申克打电话给我,说离婚可以,但我得付帕特二十万美元。其实,我什么也不欠他的,可以轻轻松松让这段婚姻被判无效,但我希望他尽快远离我的生活。"好的,乔。"我说。事情就是这么简单。

　　过完二十一岁生日,我就开始疯玩疯闹了。我是那种"及时行乐"的姑娘。公众总是对我的一举一动大惊小怪。这么多年来,我还是第一次和年纪相仿的朋友出去玩。当时,二战即将结束,纽约是个激动人心的地方。不仅如此,就在同一年,我继承了父亲的一大笔遗产。就像你猜想的那样,我花起钱来大手大脚。有钱意味着我可以照顾亲爱的姥姥和朵朵了。她们又可以定期来看我了,我送了她们一大堆礼物。

我也开始赡养我母亲了。虽然我和她一起住在洛杉矶的那个夏天,她的做法是那么出格——还有那场匆忙策划的婚礼,纯粹是为了报复葛尔姑姑,也是为了保证她自己以后有钱可花——但我再次被她的魅力和美貌深深吸引了。我渐渐相信,说不定她还是有那么一点爱我的。我把从范德比尔特家族继承的一部分财产分给了她,每月都给她一笔巨额津贴,还按照她的提议,打算和她一起搬进纽约公园大道上的一间公寓。

子:您母亲催您嫁给帕特·迪西科,怎么能报复葛尔姑姑,还保证她自己以后有钱可花?

母:要是我在她的监护下踏进婚姻殿堂,就意味着我和她站在了同一边。不管监护权官司中法庭是怎么判的,我母亲都会觉得自己打赢了。这是向世人宣告,她能掌控我的人生,而葛楚德姑妈什么也做不了。这就是她对葛楚德姑妈的报复。此外,她跟我搞好关系,才更有可能从我身上弄到钱。

某天晚上,我在派对上遇见了交响乐指挥大师莱奥波德·斯托科夫斯基。他看起来恍若天神。我们一见钟情。这位伟大的天才竟然疯狂地爱上了我，我简直又惊又喜。我迫不及待地把这个消息告诉了母亲。一位天才指挥家爱上了我，想要娶我，母亲听了会多骄傲啊！

但我告诉母亲后，她往后退了一步，气得浑身发抖。那是我唯一一次见她发火。

"他都六十三了！那个老家伙！"她提高了音量，"你才二十一。真恶心！"

她真是这么想的，还是明白如果我嫁给莱奥波德，她跟我一起住的计划就要破产了？租房合同已经签好，地方也已收拾妥当，就等我们搬过去了。她想象自己在城里参加派对，在私人俱乐部里吃午餐，或者和其他人一起举办小型晚宴。我在埃尔摩洛哥或斯托克夜总会整夜跳舞的时候，她将再次确立自己在社交界的地位。

当然，我当时并没有想到这些。她同意跟莱奥波德见一面，但他们彼此的恨意显而易见。我母亲极其崇拜的女影星葛丽泰·嘉宝和莱奥波德有过一段长期恋爱关系，但就连这个也没能打动她。莱奥波德本可以娶嘉宝的，但他却选择了不起眼的我。我深深感动了，我母亲则没有。

"真恶心！"她见过莱奥波德以后，嘴里反反复复嘟囔着这句。她的声音在房间里回荡，我从没听过她这么大声说话。我哭着离开了她，把我在她身边的遭遇结结巴巴地讲给莱奥波德听，还重复了她说过的那些恶言恶语。我解释自己对她的恐惧时，莱奥波德就坐在椅子上，镇定、平静而沉默，认认真真地听着。但我对母亲的感觉太纠结，太复杂了，一下子根本解释不清楚。

我拼命解释，直到他举起一只手，示意我不用再说了。接着，他静静地搂住了我，用权威的姿态轻声说："她从来没有给过你母爱。给你母爱的是朵朵。"

当然，天神莱奥波德说得没错。只有他理解这个。从那一刻起，在莱奥波德的影响下，坠入爱河的我彻底跟母亲断绝了关系，没有给她留一分钱。为了打消内心的愧疚和疑虑，我反复告诉自己，塞尔玛姨妈和马默杜克·弗内斯爵士离异后分得了几百万美元，她会给我母亲一些的，她们姐妹俩从此可以幸福地生活在一起。

从1945年到1960年，我都没有见过母亲，也没有跟她说过话。

子：我不知道您跟她断绝了关系。我很难想象您会这么做，但当时的您和现在不一样。从许多方面来看，当时的您非常被动，容易受他人影响。迪西科叫您嫁给他，您就照办了。接着，斯托科夫斯基想娶您，让您和母亲断绝关系，您就同意了。

可别怪我这么说像精神分析师啊，您觉得爱上六十三岁的男人和缺少父爱有关系吗？

母：哦，绝对有关系！但在当时，我从没想过他比我年纪大得多，只觉得他是青春永驻的天神。当然，现在我看问题的方式不一样了。爱上比自己大四十三岁的男人，是缺少父亲的女孩急于追寻父爱的表现。但当时的我并没有意识到这一点,也不明白母亲为什么反应那么大。我惊讶万分,迷惑不解。母亲一向对我冷冰冰的,但原本的冷淡一下子变成了敌意。

然而,一切都发生得太快了。你不能刚认识某人三周就决定嫁给他,但我就是这么做的。我十二月第一次见到他,次年四月申请离婚,离婚协议生效的当天,我们就在里诺缔结了良缘。

有时候,我脑海里会冒出一个声音:"等等,等等!以前迪西科又是喊你'小胖墩',又是把你打出黑眼圈,过了这么多年,你还不长点记性,花点时间想一想,弄清你到底要什么?"可惜,那个声音稍纵即逝。我本该保持单身,弄清自己究竟是什么样的人,但莱奥波德的爱让我无法抗拒。而且,我也深深爱上了他。他希望我成为他的妻子,这让我深感荣幸。

我们婚后的第一个夏天,他在好莱坞露天剧场担任指挥,我们就搬进了他位于洛杉矶的公寓。后来,我们又搬去纽约,搬进了格雷西广场十号的顶层公寓。我在那里怀上了斯坦,两年后又怀上了克里斯。

子:您写道,"一切都发生得太快了",就像嫁给他是您没法控制的。我知道您当时还年轻,缺乏安全感,但您面前有那么多条路可选。显然,您当时不是这么觉得的。回想我二十一岁的时候,刚刚大学毕业,当时面前也有好多条路可选,可惜自己并没有意识到。我决定去交战地带做报道时,觉得那就是唯一的出路。我必须成功,因为没有其他后备方案了。

我知道您当时非常自卑,那第一次做母亲的感觉怎么样?您生斯坦的时候才二十六岁。做母亲和您想象的一样吗?

母:我从没想过自己会做母亲。我确信会生个女孩,没想到却是个男孩,这让我震惊不已。后来是一次又一次的震惊。我当时并不知道,你、卡特、斯坦和克里斯会成为我的欢乐之源。

我每次怀孕,都深信自己做的是世界上最重要的事。但孩子呱呱落地后,我却手足无措了。我总是紧张得要命,没法持续母乳喂养。我内疚极了,觉得自己肯定有什么毛病。

我想纠正母亲在我身上犯的错,但不知该怎么办。我读了一大堆育儿书,但没有一本能提供我寻找的答案。我想要组建个大家庭,但这个想法太天真了。我一直在盲目寻找能按图索骥的路线图,本以为莱奥波德能为我指明方向,但事实上,尽管他在前几次婚姻中留下了三个孩子,但他本人一直痴迷工作,对养儿育女的了解并不比我多。而且,他总在外出巡演,通常都不在身边。因此,我只有两个选择:要么是跟他和两个孩子一起环游世界(我并不想这么做),要么是努力组建我渴望已久的家庭。

我辜负了斯坦和克里斯。在他们成长期间,我并没有跟他们聊过最重要的事。没有人跟我聊过那些事,所以我没有参照物。我靠拥抱和关心表达爱意,但很少跟他们聊起我们生活中发生的重大事件。

我和莱奥波德结婚九年后，在1954年正式分居。当时，我刚开始看心理医生。我还记得我问麦金尼医生："我该怎么跟斯坦和克里斯说？"

"告诉他们，'我猜你们已经发现了，我和你们爸爸最近关系不好，我们打算分开。'"他这么建议。

这当然是真话，但只给孩子这点信息是远远不够的。

子：您为什么决定跟斯托科夫斯基离婚？

母：莱奥波德占有欲太强，不希望我们结交任何朋友，希望生活中只有我们两个人。起初，我觉得这个点子浪漫极了，但随着时间的流逝，才发现这种日子过起来并不轻松。现在回想起来，我觉得他会这么做，是因为怕我发现他的成长经历全是编造的。

莱奥波德告诉我，他是个有皇室血统的私生子，在波兰长大。他说自己小时候母亲就去世了，他是被一个听起来很像朵朵的保姆养大的。这拉近了我和他的关系。但事实证明，这些都不是真的。

他跟父母和哥哥一起在英国长大，家里根本没有保姆。他告诉我的一切全是谎言。我把自己的一切全告诉了他，但他并不信任我，没有对我说真话。其实，在我看来，他真正的成长经历并没有什么问题。但他骗了我，骗我爱上了他编造的幻象，这就是个大问题了。

当他带我去见所谓的"保姆"时，我才发现他撒谎了。我们坐火车去伯恩茅斯，那个女人就住在那里的一所养老院里。他说起了她的事，我才渐渐意识到，那个女人其实是他母亲。这预示着一切的终结。他并不是我想象中的天神。

但我遇见传奇歌手法兰克·辛纳屈之后，才真正鼓起了离开斯托科夫斯基的勇气。辛纳屈到纽约的科帕卡巴纳夜总会献唱，要在纽约待上几周。他请作曲家朱尔斯·斯坦介绍我们认识。当时，我刚刚搬出公寓，带走了两个孩子。

离婚是一场漫长而艰苦的战役。莱奥波德为了争夺孩子的监护权，整整把离婚程序拖了一年多。他以为，我小时候经历过监护权大战，不会愿意再经历一次。但他太低估我了。我愿意和他对簿公堂，而且最后打赢了官司。他只得到了探视权。

随着时光的流逝，如今我会回想起那段婚姻的美妙之处。他不再是想把孩子从我身边夺走的怪物，而变回了我们初遇时的那个天才。他和霍华德·休斯是我认识的最特别的男人。

世上没有第二个人像莱奥波德那样。他支持我作画，也支持我的其他艺术创作。他从不打击我，也不斥责我。这对我来说是极大的鼓舞。他总是夸我，让我觉得自己是最美丽、最优秀的女人。除了在那段短暂的恋情中的霍华德·休斯，再也没有人像莱奥波德那样对我。他对我的爱，让我学会了自尊自爱。

如果能重写那段婚姻故事，我会去做的。然而木已成舟，该发生的事已经发生了。什么也改变不了，只有记忆不断浮现，让我为那段婚姻出的问题原谅他，也原谅我自己。

子：您能回头审视和他的那段婚姻，这是件好事。尽管结局不怎么美好，但您看见了他对您的帮助。这是成熟的标志，也是大多数人做不到的。

我喜欢您和辛纳屈的那张合影。您看起来很美，也很幸福。辛纳屈是个什么样的人呢？

母：就算跟一个人特别亲近，你也不能说自己真的了解他是什么样的人。我们真的了解自己是什么样的人吗？或许，今天和明天的我们都是截然不同的人。

我只能告诉你，对我来说，他是什么样的人——起初是恋人，后来是挚友。作为恋人，他让我相信，我在他眼中是世界上最重要的人。作为朋友，我深知，他永远都会是我坚实的后盾。

辛纳屈是身披闪亮盔甲的骑士，从斯托科夫斯基手中拯救了我。我从没想过我们会终生厮守，事实也是如此。那段恋情只持续了一周，但他突然出现在我的生命中，对我来说是个巨大的激励。

当然，现在的我能拯救自己，再也不需要骑士出马了。但走到这一步，花了我很长时间。

子：我觉得挺奇怪的，您竟然会觉得自己需要辛纳屈或别人来拯救。我一直觉得我必须拯救自己，而不是靠别人拯救。我不是说这种思维方式更好，但"等待身披闪亮盔甲的骑士出现"这个念头在我看来挺奇怪的。

我觉得，您一直读不懂男人。我还记得，我十来岁的时候，你爱上了一个已婚男人。多年来，他反复告诉您，他打算和妻子离婚，搬来跟您一起住。每次您跟我提起这个，我都会想，明显他是在撒谎嘛。我以为您心知肚明，只是不在乎罢了。

我一直没告诉您我是怎么想的，直到我意识到您竟然真的信他。最终，当我告诉您他在撒谎的时候，您似乎真的很讶异。您跟那么多男人恋爱过，却压根不了解他们。

母：确实如此。

你爸爸对我说过，"你对女人的尊重和信任远远超过男人"。

他说得对。难道是因为我在成长过程中，生活中一直都没有男人吗？在巴黎的时候，我母亲的追求者在家里进进出出，陪她去参加晚宴和派对，但我从来没有跟他们说过话。大人让我行屈膝礼，再说声"你好"。仅此而已。

后来，我和葛尔姑姑一起生活的时候，基本一个男人都不认识。我甚至问过她的律师弗兰克·克罗克，问他能不能做我父亲。那次尴尬遭遇之后，就算出现适合扮演父亲角色的男人，我也不敢贸然询问了，生怕再次遭到拒绝。我一生中的大部分时间里，男人似乎总是遥不可及，而且难以理解。我像章鱼一样伸出触手，迫切想要吸附在某个男人身上，希望他能提供我极度缺乏的安全感。我一直希望并深信，只要有个男人爱我，我生命中的一切都能步入正轨。

我对男人最初的看法，源自朵朵偶尔会读给我听的童话故事：白马王子从邪恶的继母手中拯救了灰姑娘。我会梦见有位王子在某个地方等着我，我只要快快长大，就能搬进他的城堡，从此和他幸福地生活在一起。

我生来就是个浪漫主义者。在我看来，这意味着爱上某个强壮、高大、英俊的男人，某个我无比崇拜的男人。他会宠溺我，关心我，照顾我，我则会含情脉脉地看着他。

这些念头源自遥远的过去，但我一直奉为圭臬，深信不疑。除了迪西科，我有幸被许多男人爱过，但遭遇过莱奥波德的背叛后，我很难再向另一个男人敞开心扉。

后来，是通过了解你、卡特、你爸爸和西德尼·吕美特，我才学会了像尊重和信任女人一样尊重和信任男人，逐渐摆脱了有害无益的恐惧，不再在黑暗中啜泣。

* * *

1955 年，和斯托科夫斯基的离婚协议生效时，我母亲三十一岁。当时，她已经爱上了电影和电视剧导演西德尼·吕美特。吕美特后来执导了一系列青史留名的电影，如《十二怒汉》(*12 Angry Men*)、《热天午后》(*Dog Day Afternoon*)、《冲突》(*Serpico*)和《电视台风云》(*Network*)。我母亲离开斯托科夫斯基的时候,本打算带上儿子斯坦和克里斯,搬去洛杉矶开拓演艺事业的,但西德尼出现后,她的计划也随之改变。

* * *

母:摄影大师理查德·阿维顿把我介绍给了西德尼,对我说:"你们都有些东西能给予对方。"他说得没错。我和西德尼一见钟情。仅仅三周后,他就买好了结婚戒指。我不确定自己还想结婚,当然也不想那么快再婚。

当时,我在纽约出演一部名叫《天鹅》(*The Swan*)的舞台剧,法兰克·辛纳屈来看我们彩排,叫我跟他签合同,在他制作的三部影片里出演角色。我激动万分,马上签了下来。但西德尼极度缺乏安全感,担心我要是去了好莱坞,以后就会留在那里,他就会失去我。最终,我还是请辛纳屈废除了合同。我留在纽约,进入纽约戏剧学院,跟随方法派表演大师桑福德·梅斯勒学表演。

我内心深处一直想当电影明星,但爱上西德尼以后,这个想法被我抛在了脑后。要是我当时经过深思熟虑,至少会给辛纳屈拍一部电影,看看情况如何。但我没有那么做。随着时间的流逝,我渐渐对西德尼感到不满,就因为自己当时做了那个决定。

我认识西德尼的时候，他刚和第一任妻子分居。他去内华达办了离婚手续，然后迅速回到纽约，说："现在我们可以结婚了。"

当我提议"再等等吧"的时候，他沮丧极了。我不忍伤他的心，就答应了他的求婚。

子：现在一切都明白了：您没有长远规划，也没有方向感。您从来不会坐下来，认真思考自己想要什么，总是让您爱上的男人为您做决定。

母：这千真万确。我总是随波逐流，很少做规划或是认真思考未来。十几岁的时候，我会想："我想结婚，生好多好多孩子，穿上围裙在厨房里忙忙碌碌，像安迪·哈迪系列电影里的妈妈一样为家人做饭。"那就是我当时的梦想。后来，我想过上大学或者进艺术院校。结果，我那年夏天去了洛杉矶，所有的梦想都烟消云散。

在我看来，未来是虚无缥缈的东西。直到今天，仍是如此。

真希望我能有规划，但那对我来说是不现实的。即使是现在，我会思考死亡，会思考斯坦、克里斯、你和你们的未来，但不会思考我自己的未来，更不会为接下来的几个月或几年做规划。

我性子太冲动，做不了长远规划。从这个角度来看，你和我截然不同。

子：确实啊。我总在做规划。我觉得，这是因为我一直都明白您不会做规划。爸爸去世后，我总觉得生活中缺少规划，这让我心神不定。

我还记得，我晚上躺在床上睡不着，不知长大后该做什么，要从事哪种职业，该怎么养活自己。我会估算自己需要挣多少钱，才能照顾好卡特、梅和您。

我常常幻想有一群导师，我能向他们寻求建议。他们有男有女，全都智慧过人，是社会栋梁，能为我提供明智的建议。直到现在，我都挺喜欢这个念头，虽说我很难开口向别人寻求建议或帮助。我这辈子就没做过这种事。

您一生下来就有一大群律师和金融顾问，他们肯定会催您为将来做规划。不过，据我猜测，您大概完全听不懂他们在说什么吧。

您为什么不为将来做规划呢？

母：我小时候从没想过，自己长大后会有选择，可以做规划。我八岁前都没有固定住处，总是从一个地方搬到另一个地方，从法国到英国再到瑞士，从一家酒店搬到另一家，从一间公寓搬到另一间。朵朵和姥姥是我仅有的家人。我们三个四处漂流，带着路易威登旅行箱和手提箱，不是在打包就是在拆包，每时每刻都活在当下。

唯一类似"规划"的东西就是姥姥和朵朵的窃窃私语。

即使到了青少年时期，我的规划也是短期、紧迫、不断变化的。偶然出现的某人、不可预见的命运和变化莫测的危机，都可能影响我做的规划。

命运之轮在我脑中转个不停。我的想法瞬息万变,一会儿跳到这个,一会儿蹦到那个:怎么才能摆脱烦人的口吃?如果我学《小妇人》里的乔剪个短发,会不会看着像凯瑟琳·赫本(唉,答案是否定的)?怎么才能减掉身上的赘肉?这些都是我有过的规划,但结果都是不了了之。

我和葛尔姑姑一起生活的时候,她从没提过我可以选择自己的人生道路。而弗利法官作为我的法定监护人,也没有提起过我的未来,更没有让我把眼光放长远。尽管我梦想过长大后要成为什么样的人,但并不知道自己能做选择,决定未来的人生道路。

要是有规划,有方向,有前进目标,我会安心得多。但哪怕是长大成人后,我还是觉得这难于上青天。我的确实现了自己定的一些目标,但方式通常不是我想象的那样。我没有规划,所以相信梦想,虽然梦想有时会像冰淇淋一样迅速融化殆尽。

子:有人跟您聊过钱的事吗?他们有没有让您提前做准备,好在满二十一岁后继承财产?

母:钱啊,钱啊,钱啊!

1945年2月,我刚过完二十一岁生日,就被监护人和律师团队簇拥着,走进了美国信孚银行的地下金库,庆祝我正式拥有了四百五十万美元。这可把我吓了一大跳。这件事怎么看都不像真的。

你也许难以置信,但真的没人跟我聊过这笔财产。姥姥虽然痴迷金钱,但从来没提起过这个,葛尔姑姑也没有。我根本不知道该怎么谨慎行事,也不知道该拿这笔钱怎么办。

我希望自己当时就明白,金钱最伟大的馈赠是让你能够独立。如果你有幸拥有一笔财富,请学会守住它,但也别做守财奴,因为那会腐蚀你的内心,还会在你脸上显露出来。"给予就是收获",还有我们时不时听到的那些陈词滥调,其实全都千真万确。

我对金钱的了解仅限于怎么把它花在朋友、家人、慈善机构和自己身上。这是我必须承认的另一大失败之处。但我从未怀疑过,我拥有足以谋生的才华。当我觉得自己快要从钢丝上跌落时,内心的杂技演员就会停下脚步,重拾自信,继续前进。无论如何,只要再去创业,钱就会回来了!

子:噢,读到这个,我好紧张。我们对金钱的看法截然不同。我不相信有人能一辈子靠才华赚钱。才华会消失,事故会发生,世界会变化。曾经备受推崇的技能,转眼之间就没人在乎了。

波斯尼亚战争期间,我在萨拉热窝的时候,看见集市上的人为了换钱,把自己所有的财物统统卖掉。他们过去的职业已不复存在。我从一个老人那里买了一只旧怀表。我并不需要怀表,只是想帮他,而他又不肯收礼物。

战争时期，社会被彻底颠覆。如果你会修摩托车，或者是个电工，就能活得像国王一样。但如果你没有实实在在的技能，就活不下去。

我十几岁的时候，有一次听您晚上给朋友打电话，说："嗯，我总能找到事做，总能赚到钱的。"

听到这句话，我整个人都僵住了。这和我的理念背道而驰，直到今天仍是如此。

让我惊讶的是，您和大多数财产继承人不一样，始终充满动力，总想实现目标、创造点什么。我觉得这很不多见。有多少富家子弟或父母事业有成的孩子会出门闯荡，打拼出自己的一片天地？

很久以前，您和爸爸就告诉我，我不会继承一分钱，大学毕业后就得自己养活自己了。我对此无比感激。我根本不想要信托基金。人人都以为我有信托基金，这让我烦不胜烦。

我为您的成功而骄傲，但那不是我的成功。我想靠自己的双手做出一番事业来。

我不是想装作白手起家的人。在成长过程中，我拥有别人没有的特权和优势。您付钱让我接受了高等教育。从其他许多角度来看，我也是个幸运儿。但要是我相信有一笔财产等着自己去继承，也许就会选择截然不同的人生道路。如果是那样的话，也许我就不会有那么大的动力去拼搏。我肯定不会为了存点钱，十二岁就开始做儿童模特，每天下课后都给经纪人打电话，问有没有适合我的试镜机会。

我知道，我必须想法子赚钱养活自己。正是因为这个，我才更关注库珀家族的家史，而不是范德比尔特家族的家史。我不愿把自己视为范德比尔特家族的一员，直到今天还是这样。

母：你爸爸出身贫寒，他希望你了解金钱的价值和勤奋工作的重要性。当然，我也同意他的想法。我亲眼看见，金钱会让家庭成员反目成仇。我希望，你长大后不要像许多富家子弟那样，总觉得自己高人一等。

家族信托基金的继承人往往饱食终日，无所事事。但在我看来，工作才是有意义的。靠工作赚来的钱才是值得尊重的。继承来的钱根本不属于我。我总觉得，那些钱是自己冒名顶替得来的。钱必须靠亲手赚来才行。

子：金钱本该给人带来安稳的生活，但您缺乏规划，这往往意味着您周围杂乱无章。我一直不明白，周围乱成那样，您怎么还能那么轻松自在。我努力工作，避免一切不确定因素。正因为如此，我才渴望长大成人，好让生活井井有条。

我觉得，如果您不是那么习惯混乱的生活，会活得快乐许多。但转念一想，您根本不可能过上安安稳稳的日子。您从来没有体验过那样的生活。

母：混乱根本吓不到我。恰恰相反，我感觉轻松自在。混乱就是我的安乐窝。我的内心深处一直渴望安定，可一旦这个目标实现了，又没法长期维持下去。我生来就不安分。

美国幽默作家多萝西·帕克写道："了解暴风雨的人厌恶宁静。"我觉得千真万确。混乱塑造了我。在监护权大战之前，混乱就始终存在，尽管我并不确定那就是混乱。姥姥总是咋咋呼呼，忙着规划、阴谋和窃窃私语。我母亲则在巴黎、戛纳和伦敦，从一间出租公寓搬到另一间。

混乱是我的一部分，就像文身一样。

子：但文身会褪色，甚至可以抹掉。

母：是的，但从皮肤上抹掉文身是很痛苦的，得花上好多时间，还得分好几次慢慢弄。

我这辈子满足过吗？当然，但是少之又少，而且满足只是暂时的。你知道作家 E.B. 怀特笔下的那个小故事《从街角数起的第二棵树》吗？一个男人看完心理医生，走在回家的路上，看见了一棵美丽的小树。当时，光线恰到好处。他想起医生问他的话："你知道你想要什么吗？"

他突然想通了，喃喃自语："我想要从街角数起的第二棵树，就要它长在那里的样子。"

当然，这是他永远无法拥有的。那是个稍纵即逝的画面，只存在于他看见的那一刻，代表着"永不满足"。

我试图在家中打造秩序和稳定，但总会发现不完美的地方，总觉得需要再改造。我布置好了一个房间，当时觉得心满意足，但接着又会想："不，不，这根本不行，该是另一个样子。"我和莱奥波德住在格雷西广场十号的时候，每隔几个月就会把房间的墙壁换个颜色。

即使到现在，我也忍不住要改变身边的事物。我在卧室的一整面墙上挂满了镜子。起初，我还挺喜欢的，觉得有《爱丽丝镜中奇遇记》（*Alice Through the Looking-Glass*）的感觉。

"太完美了。"我心想。

如今，那看起来不过是一面镜子墙。

说实话，虽然我还没告诉你，但我正考虑搬家呢。我听说格林尼治村华盛顿巷的那栋房子刚空了出来，就是葛尔姑姑以前住的地方。要不然，我也可以搬进现在住的那栋楼的顶层公寓。那间公寓有个露台，下面就是滚滚河水。你觉得怎么样？

子：妈妈，您马上就要九十二岁了，我觉得搬家不是明智之举。接下来会发生什么事，您和我一样心知肚明：您会搬进新公寓，满足地待上几个月，然后又会坐不住了。

母：别担心，我提这个只是为了吓吓你。我早就明白了，搬家无法解决任何问题，但那种冲动仍然存在。

确实，我始终需要新的刺激。我明白，这让我身边的每个人都疲惫不堪。没耐心是我最大的缺点。我最大的优点呢，则是会利用这个缺点。

呃，后一句是我胡说八道的。我只是觉得，把这句话写下来，看起来还挺不错。

我现在还是没什么耐心。我也希望不是这样，但事实如此。我总是激情澎湃，要是某件事听起来不错，我就会放手一搏，根本不考虑长远后果。我会马上冲出去，而不是三思而后行。

我努力阻止自己，但要办到太难了。我做事一向靠直觉，靠冲动。据说，心理学家认为这是不成熟的表现。但在我看来，这就是凭着信念纵身一跃。

子：真有意思，您竟然意识到了自己的冲动。我还以为您意识不到呢。我早就发现了，正如您所说，这让您周围的人疲惫不堪。如果您冒出一个念头，就会连发好多封电子邮件，根本不经过大脑。您决定在公寓里请几个朋友吃晚饭，最后却变成了三十人的大派对。您不得不在我家招待那些人，因为我家的布局更合适。要么就是，您去圣塔菲探望朋友，结果爱上那个地方，决定要搬去那里，却从没想过换个城市生活的诸多不便，毕竟您在那里只认识一个人。

通常情况下，我必须做理性客观的那个人，建议您停下脚步，先好好想想。在您这个暴君亨利八世面前扮演直言进谏的大臣托马斯·克伦威尔可不是一件令人愉快的事。亨利八世倒是玩得挺开心，克伦威尔却被视为异端掉了脑袋，希望我不会遭遇同样的命运。

尽管我们母子俩存在不少分歧，但我现在意识到了我和您有多像。过去，我从没这么想过。尽管我总在做规划，但我觉得自己天性冲动。不过，这么多年来守护着您，我已经学会了压抑那种冲动。我逼着自己耐心等待，未雨绸缪。在采取行动之前，我会设想各种情况，权衡各种选项，但很少跟人谈论自己的想法。我不希望别人的建议打乱我的规划。买下现在住的房子之前，我纠结了好几个星期，默默地做了财务预估，设想多年后我的人生和事业会走到哪一步。

卡特小时候因为某件事担心得睡不着觉，爸爸就会说："卡特，享受生活，享受生活，享受生活。"

我觉得，这种事我和您都做不来。即使到现在，您也在不断重新布置，重新装潢——给地板上漆，铺设新地毯，挪动艺术品。这些事永远不会停止。

您的不安分一直让我觉得疲惫不堪，但现在我发现自己也缺乏耐心。在别人眼中，房间也许看起来挺不错的，但我会发现音响后头露出了一截电线，结果眼睛里就只有这个了。要么就是，我把一个房间的墙漆成了某种颜色，起初看起来还行，但没过几个星期，就想换成别的颜色了。我一直在寻找新鲜玩意。

小时候，我最喜欢做大扫除。每当我觉得事态失控，就会拿身边的东西打造秩序，比如吸尘、掸灰、重新摆放家具，或者把用不着的东西扔出去。

我才刚告诉您您的冲动让人疲惫不堪，就有我的一个朋友对我说：

"待在你身边真累。"我不得不承认，他说得没错。即使我厌倦了不断变动、不断规划，也没法让自己放松下来，享受生活，享受生活，享受生活。

母：随着年龄的增长，你会换个角度看问题，就像拿望远镜看东西一样。你会看见过去从没注意过的东西，或是一直不想注意的东西。如今，我看见了自己的许多缺点，还有我过去做错的事。

现在回想起来，我才明白西德尼有多爱我。他为我做的事比世界上任何一个人都多。他向我表达爱意，支持我打拼事业，但我从未满足。

那段婚姻即将结束的时候，他对我说："你没有把整颗心都给我。"

可悲的是，这话千真万确。在发现莱奥波德不是我想象的那个人之后，我在未来的感情中总是有所保留。

西德尼2011年去世前不久，我和他见了一面，告诉他我有多爱他，他对我有多重要。我们离婚后，多年来我一直深受愧疚的折磨，这下终于解脱了。

我和西德尼分开的时候，摄影大师理查德·阿维顿对我说："我不知道你寻找的那种幸福是不是存在。"

当时，这句话让我震惊不已，也让我意识到了自己给别人造成的痛苦。当我毫无目的地在幽暗森林里游荡的时候，身后留下了一地破碎的心。如今，这句话已经不会让我震惊了。它包含了只有随着岁月流逝才能领悟到的真理。

阿维顿说得对，我寻找的那种幸福根本就不存在。女作家桑塔格是这么写的："对于你从未拥有的东西，渴望是无可避免的。"

子：如果您当时就明白这个道理，情况会有所不同吗？我经常理性客观地分析一些事，但这么做不会改变我的情绪和感受，不管我多希望能改变。如果您当时就意识到了是怎么回事，不安分和不知足会有所缓解吗？

母：我也希望可以，但不能确定。如果你能看透自己的行为模式，就能理解做法和情绪背后的动机，这对你会很有益的。当然，这并不意味着我会变得安分又知足。也许，我做事会不那么冲动吧。

我一直充满激情，就是美国作家约翰·奥哈拉所谓的"生存之怒"。然而，我内心深处又渴望安稳，这和那种愤怒水火不容。

刚开始演艺生涯的时候，我参加田纳西·威廉姆斯的话剧《琴神下凡》（*Orpheus Descending*）的试演，扮演卡罗尔·切雷雷。她有一句台词是："我想被人看到，被人听到，被人感觉到！"

这也是我想要的。

如果你感觉热情满溢，激情澎湃，那只有一件事可做——去寻找它，去实现它。如果你拥有"生存之怒"，那就没有什么能阻止你寻求满足。每当你坠入爱河，或者实现了某个创意目标，你都会告诉自己："就是这个！这就是我一直在寻找的！"但转眼之间，你又会想："这还不够，我还想要更多，想达成完美！"

你爸爸对我说过："随着时间流逝，我们都会老去。那时，我会比现在更爱你。"这个观点在我看来挺有趣的。对他来说，我们当下拥有的一切就已足够，还会随着时间的流逝变得越来越好。只有内心极其充实的人才会这么想。

听他这么说，我开心极了，但这种观点对我来说是陌生的。我从未以这种方式思考未来。

要是当时我懂的东西有现在这么多就好了。我会坐下来认真思考，弄清自己的怒火究竟源于何处。我生来就对生活抱有渴望，充满浪漫的幻想，急于敞开怀抱迎接未来，直到今天仍是如此。这才是最关键的。正因为如此，无论经历多少苦难，我都不会变得铁石心肠。

如果你拥有"生存之怒"，不要因为渴望得到更多，就去做些傻事，搞砸你本就拥有的东西。再多的东西也没法让你满足。如果你意识到了这一点，意识到了那种怒火，或许就能看出它是怎么将你引入歧途，操控你的思维，促使你做出将来会后悔的事的。

我不开心或不满足的时候，就会想起古罗马诗人维吉尔写的："也许有朝一日，就连回想起这个，都会让人深感愉悦。"

这句话会让你停下脚步，陷入深思，不是吗？

当你感到不安或郁闷的时候，如果能设想，有朝一日自己也许会开心地回顾这一刻，是不是就会觉得能够忍受了呢？哪怕眼下看来似乎是个大麻烦，但将来回头再看，说不定会发现它是个积极的改变呢。

你永远搞不清未来会是什么样的。

不安分虽然是个缺点，但有时或许也是件好事。正是对生活充满渴望，人才会永葆青春活力。它会赋予你灵感，激发你的想象力和创造力。

"永远都不知满足！"男影星沃尔特·马修对妻子卡罗尔是这么描述我的。他可不是夸我，但我就当作是夸了。世上有那么多值得感激的东西，我为自己的不安分感谢上苍。

四　家庭：关于爱与失去

* * *

　　1927年，我父亲怀亚特·库珀出生在密西西比州奎特曼的一间农场里。第二次世界大战期间，他母亲在新奥尔良的一家工厂工作，他就在当地读了高中，后被加州大学洛杉矶分校录取，主修戏剧。

　　他当过舞台剧和电视剧演员，后来做起了编剧。1961年，他在朋友家举行的晚宴上遇见了我母亲。1963年，两人踏进了婚姻的殿堂。两年后，我哥哥卡特呱呱落地。再过两年，我也来到了人世。那时，我父亲主要给杂志写文章，其中一篇后来扩展成了一本书,名为《家庭:回忆与庆典》(*Families: A Memoir and Celebration*),记录他在密西西比州度过的童年,以及他对家庭重要性的深信不疑。1978年,他在做心脏搭桥手术时不幸去世。

* * *

母:我和西德尼结婚七年后,有一天晚上,我们去女明星林恩·麦克格拉斯位于六十二街的家里参加小型晚宴。我们是第一个到的,就坐在客厅的壁炉前聊天。我们正说话呢,一位身材高大、无比英俊的男人走了进来。我从没见过那么湛蓝的眼睛,那么敏锐的眼神,甚至连想都没想过。

我们彼此对视,仅此而已。称之为"似曾相识"也好,"一见钟情"也罢。总之,在电光石火之间,纽带已经形成。安德森,这就是我第一次见到怀亚特·库珀。

他刚刚和德裔美国女演员乌塔·哈根共同出演了克里斯托弗·弗莱创作的三幕浪漫喜剧《逃离火刑架》(*The Lady's Not for Burning*),当时正和彼得·格兰微尔合作,把自己写的一部名为《死神先生,现在你觉得你的蓝眼男孩怎么样?》(*How Do You Like Your Blue-Eyed Boy Now, Mr. Death?*)的剧作带到好莱坞。李·斯特拉斯伯格在纽约演员工作室执导过一个版本,格兰微尔打算把它搬上大银幕。

初次见面后，我也不知是为什么，也不知是怎么回事，只记得我们手牵着手，跌跌撞撞地冲进一个房间，接着把门反锁了。

子：你们来自截然不同的两个世界，我很高兴自己是两个世界的结晶。大学毕业后的那个夏天，也就是卡特去世后的那个夏天，我第一次参加库珀家的家庭聚会。我和卡特没有像原本该做的那样，跟爸爸的兄弟姐妹保持联系，但我大学毕业后，决定和他们重新建立联系。

家庭聚会在密西西比州奎特曼小镇附近的一个州立公园里举行，爸爸的三个姐妹和一个弟弟都来了。我见到了好几十个堂兄弟和堂姐妹，还有一位姑婆。这让我想起了爸爸书里的一段话，描述了他小时候参加家庭聚会的情景。

那些各具特色、多姿多彩的人聚在一起，充满节日氛围，彼此分享笑话，哈哈大笑，亲密无间。这是我知道的最令人激动的事，比圣诞节还要棒。他们是我的亲人，我们血脉相连。我感觉到了家庭的纽带。他们属于我。我们可以互相依靠。我们亲眼看着彼此长大成人，或是渐渐老去。我们觉得自己是某个亘古不变的进程的一部分，自然法则适用于我们每个人。

那是我长大后第一次和他的家人在一起。最令我震惊的是，我发现其中一些人不但长得跟我很像，就连手势和表达方式也像。看见自己开怀大笑和拨动头发的样子，让我深刻意识到，库珀家的人在我出生前就在做这些事，在我离开人世后还会继续做。这一点让我大为震撼，感觉自己跟过去和未来紧密相连。那种感觉是我从未有过的。直到今天，它仍然伴随着我。

真希望您对自己家的人也能有这种感觉——几代人之间的亲密联系，跨越时空的无形纽带。

母：我也希望我能感觉到同样的纽带。

我和你爸爸结婚前，他带我去过密西西比州，去见他的母亲和兄弟姐妹。我完全惊呆了。虽然他详细介绍过他的家人，具体描述过他的父母和兄弟姐妹，但现实还是让我震惊不已。我真不知道自己什么时候才能习惯。

我们结婚前，他对我说："小不点，无数的快乐在等着你。"他说得对极了。

12月24日，我们在华盛顿特区结了婚，治安官为我们主持了婚礼。第二天，我们在纽约格雷西广场十号开了庆祝派对。我们没有外出度蜜月，因为正忙着找新家呢。第一眼看见六十七街的那栋房子，我们就知道，那就是我们今后要生活的地方。

你爸爸对我们的婚后生活有种种规划，但正如我告诉你的，在遇见他之前，我从来没有做过长远规划。嫁给他以后，拼图的碎片一点点凑齐了。我虽然惊恐万分，但急着伸出手去，抓住我一直在寻找的东西。

在我们的新生活中，一切都发生得很快：见他家人，搬进新家，你哥哥卡特出生，两年后你也出生了。

有件事我可能没告诉过你。在怀上卡特之前，我还怀过一个孩子，但刚三个月就不幸流产了。在此之前，一切都很顺利——没有早晨的孕吐，没有不好的迹象。我和怀亚特为即将诞生的小宝宝做人生规划的时候，我觉得自己是世界上最幸福的女人。

奥娜·卓别林听说这个消息后激动万分，寄来了全套婴儿服，包括她亲手织的一件黄毛衣，迎接我们的小宝宝。她选了黄色，因为当时没法提前测出是男孩还是女孩。

她的礼物刚寄到不久，悲剧就发生了。半夜里，宫缩突然袭来，就像马上要生产了一样。我发现自己血流不止，后来被抬上担架，扛下长长的楼梯，送上了救护车。但一切努力都是白费，我们失去了那个宝宝。

我过了很久才恢复，因为我痛苦极了，以为我和你爸爸再也不会有孩子了。在我深陷抑郁泥潭的时候，你爸爸一直陪在我身边。他的悉心陪伴改变了一切。没过多久，我又怀上了，这次的宝宝就是卡特。我们完全没料到会这么快。

头几个月，我们一直沉浸在期待的喜悦中，没顾得上准备育儿室或婴儿服。直到预产期都快到了，我们才忙碌起来。卡特呱呱落地后，我们欣喜若狂，很快做了决定，要给他生个兄弟姐妹做伴。

我当时四十二岁，这个年纪已经不容易怀上了。我去咨询了医生，他给我开了一种叫普格纳的新药。这种药当时在美国是违法的，但在意大利能买到。

我们联系了住在罗马的一个朋友，他帮我买了药。我飞去瑞士，在查理·卓别林和奥娜·卓别林的家里跟他碰面。两天后，我飞回纽约，穿着宽松长袍，普格纳用胶带粘在腰间。要是被海关发现了，我会锒铛入狱的。可我一旦下定决心，九头牛也拉不回来。

九个月后，你就来到人间了。对，就是你，安德森·海斯·库珀！

子：我知道您一直想要个女儿，每次怀孕都以为是女孩。以前听您这么说，我心里会很不爽。但现在我明白您为什么这么想了。您觉得，如果是个女儿，您会更理解她。爸爸想要儿子，也是出于同样的原因。

几年前的一天早上，我从睡梦中醒来，发现眼睛下面长了个小鼓包。我仰起头，它就消失了，但低下头，它又出现了。我左眼下面有个小小的肿块。

我去看了皮肤科医生，他告诉我，那是一种脂肪沉积物，需要做整容手术去除。我打电话给您，询问手术的事，您兴奋极了。您高兴不是因为我生了病，而是因为您有解决方案。

"我知道该打给谁。"您说。

要是我为纳税或买车寻求建议，您什么忙也帮不上，但这种事您可谓驾轻就熟。

"我帮你约了明天。我会跟你一起去。"几分钟后,您打电话来告诉我。

医生的办公室装潢时髦,异常静谧,感觉更像意大利时装品牌乔治·阿玛尼精品店里的更衣室。

"我和你母亲合作好些年了。"我们被领进办公室后,医生对我说。

我向他说明了来意。

"哦,这样啊,好的。"他的口气暗示还可以再做点别的。他递给我一面镜子,问:"你看见了什么?"

除了眼睛下面的小肿块,我不知道还该看见什么。于是,我请他告诉我,他看见了什么。原来,我四十多岁的"老脸"有好几个地方都该"修整"了。去掉那个奇怪的鼓包也需要做个手术,流程比我想象的复杂得多。

"我想我还是不动刀了,忍忍就是了。"后来,乘出租车回您住的公寓时,我对您说。

"呃,倒也不着急。"您说,"你还不用担心'致命的美'。"您的嗓音流露出一丝失望。并不是因为您希望我做整形手术——至少我希望您不是这么想的——但失去了这个增进母子感情的机会,您似乎挺郁闷的。

您相信,如果能有个女儿,这样的机会会多得多。您觉得,您会懂得该怎么跟她聊天,做她的好母亲。我不知道是不是这样。我怀疑,您直到现在还缺乏安全感。

母：没错，我一直相信，如果能有个女儿，从她出生的那一刻起，我们就会亲密无间。我会教她自尊、自爱、自信，跟她分享生活中的每个细节。

这仅仅是个幻想吗？我有女儿的朋友都说，女孩比男孩要难捉摸得多，特别是青春期的时候。我听得入迷，但我的执念是如此根深蒂固，不肯相信她们的一面之词。

我一直渴望做个合格的家长，但到底该是什么样子，我还是从你爸爸身上学到的。对我来说，正是因为有了他，"规划"和"家庭"的概念才从虚幻变成了现实。

但他骤然去世后，一切都分崩离析了。如果你熟悉失去亲人的感觉，接受起来会容易一些吗？也许吧。它不再是你的敌人，而成了你的朋友。

子：失去亲人就像一门语言，你一旦学会，就永远不会忘记。我十岁就学会了这门语言，至今难以忘怀。有一段时间，我真希望自己身上有伤疤或印记，某种清晰的标记，能展示我的痛苦，因为爸爸和卡特的死至今让我耿耿于怀。如果我不用说出口，别人就知道我这个人并不完整，内心深处有一部分早已死去，那样我会轻松许多。

母：你爸爸告诉过我，他长大的那个小镇上经常举行葬礼，镇上每个人都会出席。最后，他母亲告诉他，他不能再接连参加葬礼了，因为那会让他焦虑不安。死亡是他童年生活的一部分，这在我看来像个征兆。

他对我说过:"我觉得,我们活不到太大年纪。"

我当时根本不明白他在说什么。当他五十岁去世时,我终于明白了。如果我当时也死了,那会是另一个人,你爸爸熟悉的人,他的爱妻。如今的我和那时截然不同了。如果你爸爸现在看见我,会把我当作陌生人吗?他会喜欢我,甚至爱上我吗?

1976年,他第一次犯心脏病。第二年,他的心脏病又发作了,但比上一次严重得多。他被送进了重症监护室。

如果病人已病入膏肓,医院就会放宽禁令,允许孩子们探望。我们计划跟他一起过圣诞,还买了一台录音机,打算把我们的对话录下来。礼物已经包好,就等着送出了。但在圣诞前夜,他心脏病突发,转进了病危监护室。

接下来的日子里,医生只允许我偶尔陪在他身边。大多数时候,他都躺在那里喘粗气,根本不知道我在旁边。

有一天,他似乎突然看见了我,说:"我不是这么计划的。"

"你不会死的!"我冲他大吼。

他看起来吃了一惊,似乎我知道连他都不知道的事。"我不会吗?"他问。

"不,你不会的。"我不是说谎,因为我深信不疑。

第二天,1月5号晚上,医生决定动手术。

他躺在轮床上,医生和护士一路推着他,经过长长的走廊,一直推进手术室。我紧紧跟在旁边。他看起来就像刚从十字架上放下来的——身体僵硬,扎满了针,脸全被呼吸器遮住,根本看不见表情。

我陪在他身边,俯下身凑近他,告诉他我爱他。但他已经认不出我了。

手术过程中,我跟几个朋友、你姑妈玛丽和你堂妹贝丝在一个小房间里焦急地等待。

负责那层楼的护士安吉尔结束轮班,离开前在门口探了个头。"勇敢点。"她说。

几小时后,我们听见漆黑、空旷、寂静的走廊里传来了脚步声。当时已经差不多午夜了。"我们尽力了……"

我回到家,喊醒你和卡特。"爸爸去了。"我说。

子:我还记得,您坐在床边说出那句话的时候,我抬头看着您和卡特。我当时睡在床边的地板上。

那一刻,那句话,重新设定了我们的人生轨迹。我会回想起那个八九岁的男孩,他有妈妈,有爸爸,有哥哥,还有心爱的保姆。那个男孩风趣滑稽,不怕蜷缩在爸爸膝头,展现出柔弱的一面。

我会回想起那个人,深知我只是他的一部分,那才是我本该成为的人。我好想像过去那样哈哈大笑,那样幸福快乐,可是做不到,因为我再也不是有爸爸的孩子了。

他离开人世的时候,我实在无法理解,他再也不会出现在我们的生活中了。那不光是因为我才十岁，不明白死亡是一切的终结。他在我们生活中的地位如此重要，是他定义了我们这个家，我没法想象少了他的日子会是什么样子。

多年以后，我和儿时的保姆梅·麦克林顿聊起了爸爸的死。她还记得，葬礼过后的第二天，我对她说"一切都会好起来的"，她才意识到我根本不明白发生了什么事。

"后来，一切都没有好起来。"许多年后，她轻声对我说。我看见她泪流满面。

母：即使到今天，我有时还是会冒出阴郁的念头。我不会与之抗争或将其推开，而会思来想去，直到钻进牛角尖。进入那个隧道，我知道自己会像往常一样转回起点；我希望死去的人是我，而不是你爸爸。你们的爸爸会好好指引你和卡特，会比我做得好得多。

卡特去世时才二十三岁。他当时刚和女友分手。我想跟他聊聊分手的事，但他拒绝了，什么也不愿跟我说。要是你爸爸还在的话，肯定不会发生这种事。他理解你们的种种感受，无论你们两个年轻人遇上什么挫折，他都能帮你们熬过去的。

我和你爸爸一起去学校开家长会的时候，我会四下打量其他孩子的妈妈。我惊讶地发现，她们个个都是贤妻良母，比我准备的充分得多，更适合给我心爱的丈夫做太太。

这些想法我从来没有说出口，但它们始终存在，埋在心底，让我痛苦万分。我试着不去理会它们，专心做个幸福的妻子和母亲，相信一切都会好起来的。

可是并没有。

死的应该是我，而不是你爸爸。在内心深处，我知道这千真万确。当时我是这么想的，现在还是这么想的。你爸爸去世的那天，我就知道死的该是我。直到我死的那天，我都会这么想。对我来说，活在世上是个没有缓刑的无期徒刑。

子：我希望您知道，我并不这么认为。

如果情况恰恰相反，爸爸活了下来，而您没有，谁也不知道我和卡特会变成什么样。谁知道我们会走上什么样的人生道路？

我只知道，我从您身上学到的东西，是从其他任何人身上都学不来的。您开阔了我的眼界，让我明白"世上无难事，只怕有心人"。我看着您的奋斗历程，开始设想自己未来的人生。我热爱现在的生活。正因为过去发生的一切，无论是好还是坏，我才长成了现在这个样子。我能长成现在这个样子，是因为您是我妈妈，您活了下来，而爸爸没有。

上高中的时候，我去朋友家做客，看见他们的妈妈，总希望您像她们那么传统。朋友家的厨房里摆满了自制面包和饼干，他们的妈妈似乎对他们生活中发生的每件事了如指掌。您从来不做饭，不知道我在学校里做了什么，也不知道我的朋友都叫什么名字。不过，朋友妈妈的完美形象不会持续太久。我在他们家多待一会儿，就会觉得喘不过气来。

在那一刻，我才发现您是多么与众不同。您从来都不是那种对我和卡特指手画脚，告诉我们该怎么做、该怎么想的家长。

从我们小时候起，您就非常重视我们的想法。您和爸爸鼓励我们要有自己的想法，在我们说话的时候也会认真倾听。在你们眼中，我们不仅仅是孩子，更是值得尊重的人。这是非常重要的一课。

更了不起的是，您和爸爸让我和卡特融入你们的生活。前不久，我翻到《纽约时报》上的一幅老照片，上面是我和幽默大师查理·卓别林握手。当时，我们住在六十七街，他来我们家里参加派对。旅居瑞士多年后，他还是第一次回到美国。

那次派对前的几个星期，你们带我们看了好多他主演的电影，让我们了解他是谁，有哪些伟大成就。我当时才五岁。我还记得，第一次见到他的时候，我惊讶地发现，电影里那个年纪轻轻的小流浪汉，竟然变成了白发苍苍的八十三岁老人。

您甚至带我们去过纽约的传奇夜店"54俱乐部"，还去过两次！我相当确定，带小孩进去是不合法的，但那奇妙的体验让我毕生难忘。

父母让孩子融入自己的生活，我不知道这有多不寻常。这深刻影响了我个性的塑造，让我充满自信，深信自己是受到重视、值得尊重的。

母：从你爸爸身上，我学到了真正的家庭该是什么样子，为人父母该是什么样子。你爸爸在成长过程中，一直跟兄弟姐妹和其他家庭成员保持联系，所以懂得该怎么跟你们兄弟俩沟通。

有一年夏天，法兰克·辛纳屈和妻子芭芭拉来纽约玩，住在离我们家不远的朋友那里，那些朋友给他们办了个欢迎派对。我和你爸爸问他们，能不能带你和卡特一起去。

"门都没有！"芭芭拉说，"派对仅限成人。"

她不明白，你们俩会给派对锦上添花的。毕竟，你们的年纪已经够大了，家里举行晚宴的时候，足以坐在传奇时尚主编戴安娜·弗里兰和幽默大师查理·卓别林身边。不用说，那天晚上我们都待在家里，没去参加派对。

子：我羡慕我那些父母双全的朋友，但正如前面提到的，要是我熟悉父母双全的安稳生活，我的工作和人生绝不会如此多姿多彩。

十多岁的时候，我当然渴望安稳的生活。那几年里，要是我能有个男性榜样就好了。让我惊讶的是，您有那么多男性朋友，但爸爸去世后，他们没有一个试着接近我或卡特。我一直暗暗希望某人能成为我的良师益友，时不时带我出去吃个比萨，看个电影什么的。

现在我才明白，爸爸去世后，我变得极为内向，把自己封闭起来，免得感受更多的失落和痛苦。我开始把事全藏在心底，说什么也不肯承认，比起凡事都自己搞定，我更希望能有人引导。

您有没有想过再婚？虽然我从来没跟您聊过这件事，但很多时候，我都希望您能再找个人结婚。

母：你爸爸去世的时候，我就知道自己永远不会再结婚了。西德尼·吕美特确实一度回到了我身边。他和盖尔·琼斯离婚后，我们开始频繁约会，再次成了恋人。没过多久，他就向我求婚了。我认真考虑过，但当时你爸爸去世才两个月，一切发生得太快了。

真希望你对我说过，你希望我再婚。这会大大影响我思考问题的方式，还有我对未来生活的看法。毫无疑问，我会嫁给西德尼的。他过去就很爱斯坦和克里斯，肯定也会爱你和卡特的。

现在，我才突然意识到，在我的成长过程中，身边一直没有男性榜样，没有父亲或类似父亲的形象。这就是为什么你爸爸去世后，我没觉得需要找个男人给你和卡特做榜样。其实，我本该找个能关心、支持我们的伴侣，组建你爸爸希望我们拥有的幸福家庭。

子：我还记得西德尼回到您身边的时候。我挺喜欢他的，如果您嫁给他的话，我会很开心的。

这么多年来，我和卡特见过您的许多追求者，还为那些看起来靠谱的家伙大唱赞歌。可惜的是，他们越是可靠，越是沉稳，您就越是不感兴趣。

"他喜欢体育比赛。"您只要这么说，我们就知道您看不上他了。

或者，"他爱讲笑话"，这意味着这段恋情注定没有好下场。

我长大一些后，记得还有一次，您形容当时的约会对象是"口交界的尼金斯基"。我对舞蹈不怎么了解，但也猜得出尼金斯基的动作肯定非常灵活。我冲您翻了个白眼，但您只是咯咯直笑，笑我缺乏幽默细胞。

　　"哦，得了，"您笑着说，"这挺搞笑的。"

　　听您分享自己的性生活就已经够尴尬的了，但比这还尴尬的是，我发现自己的性生活还没您的有趣。

　　母：呃，我觉得吧，必须对性和"那个叫作'爱'的滑稽玩意"（用音乐家科尔·波特的话来说）有点幽默感，这才是最重要的。

　　症状：膝盖发软，呼吸急促，胃里翻江倒海，心脏怦怦直跳。凝视某人的双眼，差点就要昏过去，那个人成为你世界的中心。这是化学反应，还是灵魂深处的探寻，想要找到完美的另一半？

　　晚上睡不着的时候，我从来不数羊，而是数老情人。我能回溯到多久以前？不知不觉中，行吟诗人从黑暗中浮现，一个接一个走来，然后消失不见。我是多么幸运啊，我的追求者们身上满满都是优点。其中许多人后来仍是忠实的朋友，包括那些像夜间航船一样悠悠漂过的人。还有一个人，我在他面前表现得糟糕透顶。

　　子：前不久，您给我读了大作家福克纳写的一句话："过去没有结束，甚至都没有过去。"这对我们所有人来说都一样，但对您来说尤其如此。您的过去和现在似乎同时存在。那个被私家侦探护送进法院的女孩，那个在漆黑电影院里做白日梦的少女，那个追寻父亲形象的二十多岁的女人。如今，您仍然是这些人的混合体，再加上您扮演过的其他角色。

我们成年后的生活大多受童年经历的影响。那些东西依然存在，那些记忆、感受和恐惧，都储存在我们大脑皮层隐秘的褶皱之下。

您想通过做个好母亲，纠正您母亲犯下的过错；爸爸则想做个好父亲，弥补他父亲的失败之处。您年轻时愿意听任强大的男性摆布，反映出了您母亲被动的性格。您母亲无法和您亲密相处，不会找您促膝谈心，导致您跟自己的孩子沟通不畅。您和朵朵的关系，跟我和梅的关系一模一样。不知不觉之中，我们重复了同样的模式，虽然我们并不希望如此。

我们更愿意认为，我们母子俩是独立的个体。但有时候看起来，我们似乎只是在按早已写成的剧本表演。我从来没有问过您，您母亲后来怎么样了。您说自己十五年都没见过她，也没跟她说过话。你们后来是怎么重新建立联系的？

母：在莱奥波德·斯托科夫斯基的鼓动下，我从1945年和母亲断绝联系，直到1960年才和她再次相见。

那一年，使用迷幻剂LSD的心理疗法让我从全新的角度看问题。那或许是岁月流逝带来的智慧和领悟吧。但我心里相当困惑，做好了谅解的准备，但不知该原谅谁，是母亲还是我自己。

我对母亲还是处处提防，但已经迈出了一大步，请她来我住的公寓喝茶。不得不承认，再次和她面对面相处，对我来说是个巨大的挑战。为此，我用尽了全部的勇气。

给她开门的时候，我的心怦怦直跳。然而，孤零零地站在走廊里的是个陌生人——小心试探，衣着靓丽，但犹豫不决，甚至有些害怕。要是在街头擦肩而过，我肯定认不出她，更不会瞧她第二眼。

这就是我母亲？

那个我怕了一辈子的女人？

她得了癔病性失明，医生查不出她的眼睛有什么毛病，但她的视力时有时无。我搞不清她一个人是怎么过来的，但马上意识到，肯定是有人开车把她送到楼下，电梯操作员领她走上走廊，又帮她按了门铃。

我张开双臂搂住她，领她走进我的工作室，请她在沙发上坐下，自己坐在她身边。她要了苏格兰威士忌加苏打水，我帮她点了烟。我不知该跟她说些什么。最后一次见到她的时候我才二十一岁，而当时我已经三十六岁了。我握住她的手，但她抽回手去，端起了酒杯。

真希望可以说，我们彼此敞开了心扉，聊起了过去发生的事和对未来的期待，但我们没有。从她迈进门槛的那一天，到她离开人世的那一天，我们都没有聊过监护权大战，也没有聊过我童年发生的任何一件事，一次都没有。她是做不到，我则是没准备好。现在，我当然已经准备好了。然而，当时一切都太复杂，我还对她处处提防。

我们聊天时客客气气，浅尝辄止。尽管你爸爸非常支持我，鼓励我和她拉近关系，但鉴于过去发生的那些"东西"，加上分开了那么多年，我们实在不知该怎么做。

把过去发生的事叫作"东西"，显得既无聊又怪异。我在电脑屏幕上看见那些"东西"的时候，这个词显得空洞渺小，不过是个毫无意义的抽象概念，没能展现出它带给我们所有人——姥姥、葛尔姑姑、朵朵和我——的失落和痛苦，还有随之而来的恐惧、悲伤和深切的懊悔。那些"东西"彻底改变了我们的人生轨迹。

你爸爸第一次见到我母亲后，对我说："她根本没意识到她身边发生的任何事。"他说的没错。她天生丽质，十七岁出嫁，十八岁生子，一年半后成了寡妇。想象她在监护权大战期间是多么惶恐不安，我就像被巴士迎头撞上，不禁痛苦地缩成了一团。

这么多年没见面，我一直试图忘掉她，但她的身影从未消失。她就像附骨之疽，始终挥之不去。

有一天晚上，演完一场舞台剧后，我坐在更衣室里，想起我母亲非常羡慕女明星康斯坦斯·贝内特的骨感身材，便扭头问朋友罗素·赫德："我在台上看起来瘦吗？"

"当然，亲爱的。"他向我保证。

"不！不！我的意思是特别瘦，真的特别瘦？"

"对！真的特别瘦！"

"让那老婊子羡慕去吧！"我突然提高嗓门，把他吓了一大跳。

如今，她就在这里，回到了我的生活中，就坐在我身边。为了在摇晃的钢丝上保持平衡，我耗尽了全部的智慧和精力。我意识到，作为家长，她既自私又自恋，做了许多错事。我在和自己抗争，努力不表露对她的敌意。

我十七岁去洛杉矶探望她的时候，开始跟埃罗尔·弗林、帕特·迪西科等完全不合时宜的男人约会，但她从来没有警告过我。她只想把我从葛尔姑姑手里抢回来，所以完全放任不管，由着我爱做什么就做什么，不管那些事有多危险。

1961年夏天，我们和解几个月后，我带斯坦和克里斯去洛杉矶看她。当时，她还跟塞尔玛姨妈住在一起。我按响了门铃，女仆万斯来开的门。

"哦，葛洛莉娅小姐，"她出门迎接我，"一切都是可怕的误会。"对于我们经历过的种种，这个说法实在太轻描淡写了。我忍不住哈哈大笑，搂住了她。

塞尔玛姨妈建议我们租两栋相邻的小别墅，在马里布的海滩上住上一周。我兴奋极了，因为斯坦和克里斯可以跟外婆和姨婆共度时光，我也可以跟母亲共度时光，说不定能多了解她一些。

怀亚特也参加了家庭聚会。起初，那只是个试探性的团聚，但那一周快结束的时候，我们已经取得了巨大的成功。我母亲和塞尔玛姨妈通常会睡到很晚，但会跟我们一起吃午饭和晚饭。

我们到的第一天，塞尔玛姨妈顺口提到，哈里·里士满也在马里布，就住在附近不远处。

"哈里·里士满！"我大声嚷嚷起来，差点从椅子上摔下来。我十一岁的时候，哈里·里士满是当红歌手，就像若干年后的辛纳屈一样。我收藏了好多他的唱片，在葛尔姑姑家一遍又一遍地放着听。当时，他在里士满俱乐部表演，那里离纽约不远，就在东河对岸。母亲知道我有多崇拜他，想过带我去听他的现场表演，但知道我的监护人弗利法官绝对不会同意。

"我们请他来吃晚饭吧。"塞尔玛姨妈说。

当天晚上，款款步出老款雪佛兰轿车的，正是全身舞台装扮，头戴高顶礼帽，身穿白色燕尾服，打着白色领结的哈里·里士满！

当然，大大的拥抱是少不了的，但他显然想要赶紧开始表演。多么令人难忘的演出啊！他的嗓音已经不复当年，就伴着他带来的老唱片对口型假唱。他在房间里缓缓走动，挥舞手臂，哼着《夜幕初降，而你是如此美丽》和其他经典老歌。很久很久以前，在旧韦斯特伯里的卧室里，我一遍又一遍听的就是这些歌。

此时此刻，我和母亲在一起，成了幸福的一家人，这种感觉一点也不真实。那个夜晚，我永世难忘，不光是因为我终于见到了哈里·里士满，还是因为它前所未有地拉近了我和母亲的距离。在马里布的那一周，我一秒钟也没有怀疑过她。

唉，虽然她回到了我的生活中，但我们始终没有变得亲密无间。已经太迟了。重新联系上以后，我们虽然经常见面，可以礼貌地聊天，不会久久陷入沉默,但始终没能对彼此敞开心扉。

小时候,我有一次不小心撞上母亲和她姐姐康斯薇洛在激烈争论。我永远忘不了那一幕。母亲背对着我,但我一走进房间,康斯薇洛就看见了。她抓住我母亲的胳膊,轻声说:"Cuidado,cuidado!"

这个词深深印在了我的脑海里。我记了下来,后来查了字典,才知道那是西班牙语,意思是"当心!当心!"

我当时就知道,她们肯定在聊不希望我听见的事。

秘密和恐惧。这就是我们之间始终存在的东西。

但那些早已过去。

事到如今,那些对你来说还有什么意义?或许,它们唯一的意义就是向你保证,随着时光的流逝,一切都会水到渠成。你能用你从未想过的方式直面过去——自信,安稳,毫无畏惧。

子:真可惜,你们竟然从来没有聊过那场审判,也没有聊过你们之间发生的事。当然,现在的您完全有能力这么做。但当时她也没有提起,这就说明了不少问题。您不该觉得全是自己的责任。

您母亲是怎么去世的?

母:我们和解五年后,她和塞尔玛姨妈打算到我们六十七街的家里做客,好在卡特出生的时候陪在我身边。但在她们成行之前,我母亲就病倒了。结果查出来是癌症,她已经时日无多。没过几天,她就住进了洛杉矶的一家医院。

生下卡特几小时后,我和母亲通了电话。她和我一样,一直盼着生个女孩。"我们家的第三个葛洛莉娅。"我答应过她的。我知道她病得很重,差点就对她撒谎,说我终于生了个女孩。不过,最后我还是说了实话。

"又是个男孩!"她说,"葛洛莉娅,你打算生一整支棒球队吗?"

这是她对我说的最后一句话。不久,她就去世了,时年六十岁。

我和卡特还没法出院,所以你爸爸一个人去洛杉矶参加了葬礼。她的死在我看来一点也不像真的。她到底是什么样的人?某个我根本不了解的人,某个我曾经渴望成为的人,但当时的渴望早已烟消云散。

她去世后的几十年里,我一直饱受折磨,想象她就住在街角,和我特别特别亲近,我们每天都会聊天。我想象去探望她,想象跟她在街区里散步,停下来喝杯茶,坐下来闲聊。她会听我说起自己的新冒险,给我提供明智的建议。

在我的想象中,她还像在巴黎的时候一样魅力无穷:乌黑的长发盘成迷人的发髻,身穿简洁的黑色连衣裙,左手戴着我父亲送她的橄榄形订婚大钻戒,旁边的手指上是金色婚戒。

她会和我并肩坐在沙发上,啜饮的不是红茶,而是苏格兰威士忌加苏打水,还一根接一根地抽着烟。但那些已不让我难受,烟味已化为香氛。在我的幻想中,她身上的一切都不会让我难受。她不再是那个被动、精致、渴望成为"霍恩洛厄王妃殿下"的小女人,而摇身一变,成为了性治疗师露丝·韦斯特海默医生和特蕾莎修女的结合体，变得睿智而健谈。

但这个童话故事般的幻想，总会被我另一次前往洛杉矶的记忆取代。我坐飞机去洛杉矶，希望马上见到她，找她聊聊。我认为，这回也许终于能敞开心扉，把我们之间发生的一切说个清楚。

我从机场打电话给她。"妈咪，我到了。"我声音嘶哑，她能听出我心烦意乱。

"哦，亲爱的，"她说，"我也很想见你。等你感觉好一点了，再给我打电话。"

她不是出于恶意，只是不会表达真情实感，和我没有母女之间的纽带。我后来还是去见了她，她装作我从未心烦意乱地给她打电话，我也没有提起过。

有时候，我会感觉悲从中来，觉得母亲和我在一起待在房间里。是因为我穿着她很久以前给我织的白毛衣吗？她送给我以后，我就一直压在箱底，直到最近，她去世多年后，才刚刚翻出来穿。

最近，我发现自己经常穿那件毛衣。毛线软软的，上面没有纽扣，如果我觉得冷的话，可以轻轻松松把它裹在身上。那也是一件不错的睡衣外套，适合晚上睡前看书的时候披着。它非常合身，暖和又舒服。我想象她和塞尔玛姨妈坐在比弗利山庄的家里，有一搭没一搭地聊着天，手里织个不停，织出各种花样，把一大团毛线变成如今包裹我身体的毛衣。

我为她感到悲伤，不管她有没有爱过我。悲伤的是，她走上了这样的人生道路，一辈子都不知道幸福为何物。悲伤的是，当我坐在这里，穿着这件毛衣写邮件的时候，觉得和她的距离比以往任何时候都近。不过，还是别用悲伤给这封邮件画上句号吧。祝圣诞快乐，晚安好梦。

子：您觉得自己像您母亲吗？

母：我像她吗？我对她并不了解，不知该怎么回答。或许我更像她的双胞胎妹妹，塞尔玛姨妈。她性格外向，热爱生活，总是生机勃勃。相比之下，我母亲被动、冷漠、难以触及。

子：那朵朵呢？我们还没有聊到过，法庭判定她对您有不良影响后，接下来发生了什么事？您说她参加了您和帕特·迪西科的婚礼。您后来是怎么跟她联系上的？

母：从十岁到十七岁，他们都不许我见她，也不能给她打电话。她住在长岛自由港的朋友席勒夫妇家，我只能往那里写信，略解分离之苦。没有人说我不可以写信给她，那里的地址还是姥姥给我的。

在监护权大战中，朵朵被媒体曝光了。官司打完后，她改了名。所以，我的信不是寄给埃玛·沙利文·凯斯利奇小姐的——这是她的本名——而是寄给埃米莉·普雷斯科特太太的。管他是埃玛还是埃米莉呢！对我来说，她永远是我亲爱的朵朵。

我十七岁之前，我们就是这么保持联系的。我计划去比弗利山庄探望母亲的时候，葛尔姑姑说我可以去看看朵朵。出于某些原因，法庭禁令似乎已经失效了。

弗雷迪开车送我去席勒家。他们家在一条长长的街道上，街两边都是房子，每栋房子看起来都一模一样。

朵朵在门口等着我。我的脑海里突然冒出了她过去常唱的一首歌："吾爱，你我同在，无惧风雨。"

她的胳膊再一次搂住了我，我就知道自己到家了。她领我登上席勒家的二楼，进了她的房间。桌上搁着个大托盘，上面放着一杯热巧克力，搭配掼奶油，还有撒满糖霜的小饼干，那些糖霜像钻石一样闪闪发亮。阳光透过楼下人行道上的橡树枝叶照进房间。她的单人床占据了屋里大部分的空间，但足以让我们肩并肩坐在一起了。

我大喊："不要再离开我了！永远，永远不要再离开我了！"

当然，这是内心无声的呐喊，除了我之外没人听得见。从那一天起，我就深知，如果再被迫和她分开，我肯定活不下去。

在接下来的岁月里，朵朵成了我生活中不可或缺的一部分。帕特·迪西科驻扎赖利堡的两年里，她和我一起住在堪萨斯州的章克申城。我嫁给莱奥波德·斯托科夫斯基期间，莱奥波德外出巡演的时候，她经常过来陪我住几个星期。每个月，我都会给她一大笔津贴。

后来，我和莱奥波德买下了纽约格雷西广场十号的这间公寓，朵朵就搬进了相连的套间。斯坦和克里斯出生的时候,她也陪在我身边。长大后,我发现,只要和她待在同一个房间,我就能找到内心的平静。

但没有什么是恒久不变的。当我带着斯坦和克里斯逃离莱奥波德,开始新生活,有了新恋情,渐渐萌生自信后,再和朵朵相聚的时候,"永远,永远不要再离开我了"的誓言也就烟消云散了。

我见她的次数越来越少。认识你爸爸以后,我发现他不喜欢朵朵。他觉得,是朵朵让我背叛了亲生母亲。我们只是偶尔跟她有来往。但我嫁给你爸爸的时候,朵朵为我找到了幸福而欢欣鼓舞,送给我十二只各式各样的水晶酒杯做结婚礼物。我拆开礼品包装的时候,她慈爱地大声宣布:"因为你是怀亚特的女神。"

我想向你爸爸解释朵朵对我的意义,说她才是我真正的母亲,但我脑海里一片混乱,觉得这件事实在太复杂,我永远也解释不清,永远也没法让他理解。

到1973年,我已经不怎么会想起她了。我不得不悲哀地承认,她从我的生活中悄然消失了。

住在六十七街的那栋房子里时,有一天,我突然收到一封天主教慈善会寄来的信。我拆开信封,拿出手写的信笺,只读了第一行:"谨代表埃米莉·普雷斯科特写此信函……"

这个熟悉的名字蹦了出来,就像对我迎面一拳打来。我突然觉得无法呼吸,没有继续往下读,就把那封信撕掉了。我把碎纸片丢进壁炉,划了根火柴,然后跑上楼去,回到卧室,躺在床上,浑身颤抖。这件事我没告诉过任何人。

子：我不明白。她对您来说比亲生母亲还亲，是您生命中最重要的人。您为什么不读信呢？

母：直到今天，这件事仍然困扰着我。为何时光飞逝，月复一月，年复一年，我们一直没有见面，甚至很少联系？也许，这跟我和亲生母亲重新建立联系有关吧。从那时开始，我就渐渐跟朵朵疏远了。我和母亲有那么多矛盾，那么多没解决的问题，那么多难处理的麻烦。况且，在意外流产后，我一直渴望再怀孕，承受着巨大的心理压力。

那么多年以后，当我在信上看见"埃米莉·普雷斯科特"这个名字，就知道出事了，出大事了。我背叛了亲爱的朵朵，为此既困惑又内疚，但是无法直面事实。应付这件事的唯一方法，就是像个歇斯底里的孩子一样，装作这封让我心生恐惧的信不存在。只需要划根火柴，一切就万事大吉了。

一周后，天主教慈善会的另一封信到了。这次是用打字机打的，署名马乔里·勒威森。她是一名医生，也是我童年好友的姐姐，几年前给朵朵做了乳房切除手术。手术后，我和你爸爸去伦诺克斯山医院探望朵朵，我给她带了一盒她最爱吃的歌帝梵巧克力。那次探病过程中，你爸爸一直客客气气。但我看得出，那仅仅是因为他知道这对我意味着什么。显然，他不赞成朵朵的做法。

那封信非常简短,告诉我埃米莉·普雷斯科特在天主教慈善会"于睡梦中安然逝去",但没有提到上周寄来的信。这让我意识到,那是别人帮朵朵传达临终心愿:见我最后一面,当面和我道别。

她的死对我是个巨大的打击。我哭呀哭呀,怎么也停不下来,差点就被悲伤打垮了。

"就算集齐国王的全班人马,也不能把它重新来拼凑"[①],当时的情况差不多是这样吧。

但如今,我把自己重新拼凑起来了。朵朵去世的时候,我没有像她一辈子陪在我身边那样陪在她身边。这是我一生中最大的遗憾,直到今天仍然困扰着我。

我现在知道了,朵朵的墓碑上写着"埃米莉·普雷斯科特"。我打算过一阵子就去给她扫墓。也许同一天,我还会去祭扫另一座不太远的墓,那是摩根姥姥的。这两座墓我都没亲眼见过,不知道墓志铭分别写了什么。这次拜访能回答我至今不解的谜题吗?我真的想知道那些答案吗?我真的够坚强吗?

---

① 引自英国传统童谣《鹅妈妈童谣》里矮胖子的故事,矮胖子从墙上掉下摔碎,怎么也无法拼凑起来。

* * *

我在成长过程中,对朵朵的了解主要是通过母亲的画作。她通常会把自己画成拉着朵朵手的小女孩。在我看来,我母亲首先是个艺术家。她举办过多次个人画展,而且每天都在工作室里作画。但在许多美国人眼中,她是因为1979年推出的名牌牛仔裤而声名大噪。那是世界上第一款大获成功的名牌牛仔裤,促使她后来跟其他服装品牌和香水品牌合作。尽管她对商业活动兴趣不大,但她登上了众多电视和平面广告,并前往全国各地推广自己的品牌。

她刚进军牛仔裤行业时,我和哥哥都才十几岁。我们经常玩一个游戏,数街上有几个女人的牛仔裤后兜上没印妈妈的名字。这并不是我第一次意识到她名头响亮,但当时的火爆程度连我都不习惯。如今,仍然有些服饰顶着我母亲的名字,但她已经和那个行业毫无瓜葛了。

* * *

母:一系列令人意想不到的事件促使我成为了设计师。1948年,我二十四岁的时候,举办了第一场个人画展。1967年,我在纽约的汉默画廊办完画展后,受节目主持人约翰尼·卡森的邀请,带着一些画作登上了他主持的《今夜秀》。

那天晚上,刘易斯·布鲁姆正好看了《今夜秀》。他是一家高级装饰面料制造公司的总裁,认为我的作品适合转成织物面料图案。第二天,他就打电话给我,发出了合作邀请。

我是第一位巡游全国的设计师,前往全美各地推广该系列产品。随着织物面料大获成功,我又开始设计其他家居产品——床单、毛巾、浴帘、浴室配件、厨具、餐盘、玻璃杯,还有刀叉等餐具。随后,我开始根据自己的画作设计围巾,又为一家名为梅真尼的公司设计衬衫。梅真尼公司的首席执行官沃伦·赫希是个营销天才,我们想出了同名牛仔裤的点子。牛仔裤于1979年上市,沃伦推出了铺天盖地的营销活动。我登上了许多电视和平面广告,那真是有趣极了。虽然我的演艺生涯早已结束,但我还挺爱宣传牛仔裤的。借着自己亲手创造的产品,我仿佛又回到了舞台上。

我的同名牛仔裤一夜之间风靡全美。穿着它的人随处可见,年纪有大有小。包括我在内,每个人都惊讶不已。我走在街上,女人会停下脚步,跟我聊起牛仔裤对她们生活的影响。我喜欢那种感觉——我以全新的方式诠释了一款经典服饰,鼓舞了所有女人,让她们能昂首挺胸,为自己的形象开心。优秀的流行服饰就能做到这一点。

那是一款出色的产品,而且大获成功。我为它倍感骄傲,但也苦乐参半。你爸爸在牛仔裤上市前一年撒手人寰,没有他在身边,我常常感到孤独,不知道可以信任谁。

转眼之间,钞票如雪片般纷纷落下。沃伦·赫希直视我的双眼,认真地说:"你赚的钱比船王范德比尔特还多!"

其实也没有那么多啦,不过看见自己的辛勤工作有所回报,确实是件叫人开心的事。但我是艺术家,不是商人,不会管钱。我发现身边多了一群陌生人,纷纷"慷慨"地伸出"援手"。

我本该跟以前的业务经理皮尔·贝德尔继续合作的,但我缺乏安全感,太容易动摇。有些人早就想把皮尔一脚踹开了。我被他们说动了,解雇了皮尔。为此,我一直后悔不迭。

请记住,凡事只要涉及金钱,就会凸显出人最糟糕的一面。金钱不但会导致家庭破裂,还会摧毁生活的根基。永远不要忽视这一点。花点时间,慢慢考量,只能信任利益和目标跟你一致的人。

* * *

作为商务人士兼单身母亲,我母亲承受着巨大压力,开始看心理医生。那个医生名叫克里斯·L.佐伊斯,他推荐了好朋友托马斯·A.安德鲁斯给她当律师,代她处理往来业务。

佐伊斯成了我母亲最亲密的朋友。我和哥哥也跟他儿子成了朋友,我们两家人经常一起度假。心理医生和病人在日常生活中走得那么近,我觉得有点奇怪。但我当时还年轻,也没有想太多。

二十世纪八十年代末,我母亲发现她被安德鲁斯和佐伊斯骗了。他们窃取了她名字的使用权,而且安德鲁斯多年来一直没有依法纳税。这个背叛让她遭受了巨大的精神打击,也让她欠了美国国税局一大笔钱。最终,佐伊斯丢了纽约州的行医执照,安德鲁斯也被剥夺了律师资格。

* * *

母:怎么会发生这种事?会发生这种事,是因为我百分百信任他们。我甚至向奥娜·卓别林推荐了佐伊斯,她也被坑了。

如果我是个多疑的人,可能会看出佐伊斯和安德鲁斯的这种搭档关系有问题。但如果你连医生和律师都不能信任,那还能信任谁?

我丢了几百万美元和不少业务,又花了好几年时间补缴税款,但相信一切都会好起来的。安德鲁斯撒手人寰,佐伊斯也声名扫地,但我始终没有收到法庭判他们还我的钱。

我在之前的邮件里写过,我不想变得铁石心肠,想要永远敞开心扉,信任他人。永远敞开心扉有个缺陷,那就是你会很容易受伤,像我就屡屡受伤。我百分百相信的两个人竟背叛了我,这是一场难以恢复的巨大打击,摧毁了我根深蒂固的信念,让我再也不敢相信心理医生或律师了。

我相信宽恕，因为没有它，你的心灵就无法获得自由。但像这样的背叛，需要很多时间、勇气和信念才能克服。我把这两个人赶出脑海，抛进"遥远彼方"的垃圾堆。那里才是他们该待的地方。

濒临破产的时候，我有时会想，要不干脆找个人嫁了算了，起码未来的生活能有点保障。但我没法逼自己迈出这一步。佐伊斯和安德鲁斯偷走了我的经济独立，但他们无法夺走我的情感自由。

如果我为了生活有保障而嫁人，其实根本不爱那个男人，我会幸福吗？我能让对方幸福吗？我觉得不可能。

在我最绝望的时候，天使降临了。他就是比尔·布莱斯。我跟他只有一面之缘，几乎不认得他。令人不可思议的是，他慷慨解囊，帮我还了好些年的债，直到我站稳脚跟，能够独立偿还。

我的好朋友南希·比德尔写信感谢他，他的回复是："呃，总得有人这么做嘛。"

他几乎不了解我，却愿意为我做这么多，我至今仍然惊讶不已。

佐伊斯和安德鲁斯的背叛却没让我惊讶。我被深深地伤害了，但我立刻发起了反击。我从小就接受了大师的指导，知道何时该果断出击。就算我走在街上，有人朝我脸上泼硫酸，我也不会不知所措。我想，我连一步都不会踏错。

我对所信任的人的贪婪感到非常难过，但我本不该这样。我很早从姥姥身上学到了什么是贪婪。她一直紧密关注她的股票投资组合，就像紧密关注我一样。在生命的最后几十年中，她住在一家酒店小小的房间里，过着拮据的生活。牛奶搁在窗台上靠风吹制冷，衣柜里仅有的几件衣服早就穿破了。与此同时，从账面上看，她的股票投资组合却积累了惊人的财富。我不止一次劝她搬进好一点的公寓，我非常乐意替她付房租，但她总是断然拒绝。

我喜欢姥姥，但无法接受她的价值观。她总是牢牢抓住那些我不理解的东西不放。不管我怎么用漂亮的奢侈品诱惑她，她都无动于衷。

我贪婪吗？对，但不是贪财。就算是捉襟见肘的时候，我对钱也不感兴趣。我贪恋的是美。

子：我想，我和摩根太姥姥会挺投缘的。她为人实际，知道对她来说哪些东西重要，哪些东西不重要。那些社交界的八卦消息会让我心烦，因为我对那些玩意丝毫不感兴趣。不过，我挺喜欢这一点的——她虽然账面上有一大笔钱，但还是住在小房间里，过着简朴的生活。那听起来不像是贪婪，更像是天堂！

没有混乱，没有压力，没有高昂的开销，只有银行里的一大堆钞票，就算时局艰难也能有备无患。过着简单的生活，但银行里小有积蓄，遇到紧急情况可以拿出来，帮助我关心的人和有需要的人，这简直是我孩提时的梦想嘛。真希望我有她那么严于律己！

母：没错，安迪，这么想的话，你和姥姥真是完美组合！

五 伤痛：与过往和解

* * *

 1988年，我二十三岁的哥哥卡特结束了自己的生命。直到今天，我和妈妈都不知道究竟发生了什么事。我们没有一天不在思索他的生与死。

1987年，卡特从普林斯顿大学毕业，获得了历史学士学位。他去世的时候，正在《美国传统》（*American Heritage*）杂志工作。

他自杀前几个月，心烦意乱地来到妈妈住的公寓。虽说他在城里有自己的公寓，但他提起了辞去工作和搬回家住。那个周末我人在纽约。等我见到他的时候，突然挺担心他的。他和女友分手后，似乎失去了一贯的自信。他看起来心惊胆战，似乎思绪如潮。

接下来的那一周，我就回康涅狄格州上大学了，卡特则开始看心理医生。他似乎摆脱了困扰他的那些烦心事，我也就松了一口气，没有问他到底发生了什么事。

我们偶尔会打电话聊天，但我直到美国国庆日的那个周末才见到他。我们在纽约街头偶遇，中午一起吃了顿便餐。

"上次见到你的时候，我简直像头野兽。"他说。他都能拿自己开涮了，我挺高兴的，就没有继续追问。也许他想让我问的，但我没问。真希望我当时开了口。

那是我最后一次见到活着的他。

7月22日，他再次来到妈妈住的公寓。他似乎无法集中注意力，虽然没有四月那么严重，但也足以让妈妈担心了。妈妈陪他度过了整个白天。傍晚，他小睡了一会儿。七点左右，他清醒过来，走进了妈妈的卧室。

"发生了什么事？"他看起来晕头转向的。

"没事的。"妈妈向他保证。

他跑出妈妈的房间，爬上复式公寓的楼梯，穿过我的房间，上了阳台。等妈妈追上去的时候，他正坐在十四楼的阳台边缘，下方就是街道。妈妈试着跟他说话，求他进屋，但他拒绝了。

这时，有一架飞机从头顶掠过，他抬头看了一眼，然后就滑了下去，吊在大楼侧面，双手扒在阳台边缘。

几秒钟后，他松开了手。

* * *

母：人们说，世上没有比失去孩子更痛苦的事了。这千真万确。无论你过去是什么样的人，在那之后都会彻底变样。它不但会改变你，更会摧毁你。你的余生都将在另一个世界度过，失去孩子的人待的那个世界。

如果你比较幸运，还有其他孩子，那就能继续活下去，陪在他们身边。但在你的余生中，失落感会在最意想不到的时候将你吞噬。

就在昨天，我的脑海里闪过一个画面，就像刚发生的时候一样清晰。

在我们南安普敦的房子里，六岁的卡特跳出游泳池，兴高采烈地跑上来搂住我。"妈妈，我要娶你！"他大声嚷嚷着。

还有无数珍贵的瞬间。卡特还是小宝宝的时候，晚上睡不着觉，你爸爸抱着他在房间里跳舞，屋里回荡着轻柔的歌声，那是裘宾的新派爵士乐。卡特十几岁的时候，我们刚刚搬进格雷西广场十号，他第一次走进我的更衣室，窗外白雪纷飞。"哦，妈妈，"他说，"这个房间里充满了希望。"没错，确实如此。

我会永远记住关于他的一切。

那么，痛苦减弱了吗？没有，只是不一样了。这不是你靠努力就能解决的问题。它不会消失，也不会淡去。它将永远存在，无法逃避，直到你离开人世的那一天。

我已经学会了伴着它活下去。卡特是二十七年前去世的。有时候，他会在梦中来到我身边，看起来就像他如今该有的年纪。尽管我试图留住它们，但那些画面稍纵即逝。卡特已经不在了。他没有辉煌的职业生涯，没有和他疯狂相爱的妻子，没有叫怀亚特的儿子，也没有叫葛洛莉娅的女儿。他……他们只存在于我们的记忆中，还有这封邮件里。

我喜欢和他的朋友聊他的事。最近，有个很久没见但认识卡特的人告诉我，她觉得我聊起卡特的事可能会难过。我告诉她，这么做能让我开心，她听了似乎挺惊讶。这么做能把他带回我身边，证明他没有被遗忘。要是能看见你现在的模样，你现在的生活，他一定会为你骄傲的。

我会想象你们兄弟俩的互动，不是像小时候那样，而是像现在这样，像两个男子汉一样。你爸爸也在。然而，那些画面同样稍纵即逝。

如今，世上只剩下我们母子俩了。虽然你工作繁忙，我不可能常常见你，起码没有我希望的那么频繁，但我每天晚上都可以在电视上看见你。对于做妈妈的来说，还有比这更好的礼物吗？

所以，我要感谢上苍，或者其他安排命运的神明。对此，我毫无怨言。

子：我和您应对悲伤的方式有所不同。我知道，对您来说，向别人倾诉是很重要的。我还记得，卡特去世后的那几天，您会把事情经过讲给每个前来吊唁的人听。一遍遍地回顾那个恐怖时刻，对您来说似乎挺有帮助。我很高兴这对您有帮助，但我实在没法说出自己的感受。面临危机的时候，我会陷入沉默。真希望我能更擅长谈论这些痛苦的事。

母：卡特去世后，我感觉到你疏远了我。接下来的几周，朋友们纷纷来家里探望，希望抚慰我们失去亲人的痛苦。这种情况持续了好几周。

我躲进卧室，躺在床上，泪流不止，无数细节从口中奔涌而出，一遍又一遍地讲述事情经过。就算你真的陪在我身边，我也记不得了。

但我知道，你在公寓里的某个角落，在跟其他人聊天，特别是我的毕生挚友卡罗尔·马修。她刚刚从加州赶过来。我知道这个，是因为她告诉我，你们俩单独聊了很久。不过，具体聊了些什么，她对我保密了。

最初，我意识到你疏远了我，为此气愤不已。不过，止不住的泪水冲走了一切，让我忘记了你将我排斥在外。

我想死。仅仅是因为痛苦的潮水一波波袭来，才让我活了下去。

卡特去世一个月后，你不得不回去上学。你不想去，但我知道你该去。离开的那天，你给我写了一封信。

"从现在开始，我们就是彼此的伴了。"你是这么写的。我也深有同感。

但没过多久，你就对我说："别喝酒。"

这让我很震惊。显然，我们并没有我想象的那么亲密无间。你竟然不知道，就算再次沉浸在悲伤之中，我也不会用酒精来麻痹自己。

我确实觉得我们是彼此的伴，现在比以往任何时候更确信。

子：我之所以提起喝酒，是因为卡特去世后，如果您又开始酗酒，我绝不可能像我希望的那样和您亲密无间。我觉得您不会马上投入酒精的怀抱，就怕最后您还是会沉沦下去。如果您那么做的话，我是不可能和您保持联系的。为了保护自己，我会离您远远的。

爸爸去世后，您有好几个星期没有碰酒，我还以为您永远都不会喝了。但某个寒冷的冬日，我从学校回来，一眼就看出您喝醉了。酒精把您变成了另外一个人，这让我满腔怒火，感觉无比孤独。

不过，卡特去世后，您没有酗酒。您彻底抛弃了酒精，我为您骄傲。

和您聊起这件事，让我觉得怪怪的。在我的孩提时代，这是我们家里从未触及的话题。您偶尔会贪杯，但说不好是什么时候。这个问题始终存在，但从来没人提起过。有多少次，吃晚饭的时候，大家都沉默不语，我则装作什么事也没发生。

您提到自己十几岁的时候，跟母亲一起住在洛杉矶的那个夏天，就开始喝酒了。您还顺便提到了她也有酗酒的毛病。您是从什么时候开始酗酒的？

母：从1941年在洛杉矶度过的那个夏天起，我就爱上了雪利酒。不过，直到嫁给莱奥波德以后，我才开始酗酒。起初我喝得并不频繁，但到那段婚姻濒临崩溃的时候，我已经深陷醉酒和啜泣的魔咒。第一次发生这种事的时候，莱奥波德陪在我身边。他搂着我，说："向神之母祈祷吧。"那是他信仰的神明。

我根本不明白他在说什么。我一直在啜泣，怎么也停不下来。

我活在恐惧之中，生怕自己继承了父亲的酒瘾。我美丽大方的同父异母姐姐凯瑟琳，我父亲第一段婚姻留下的女儿，也是个酒鬼。我长到十五岁，才知道她的存在。葛尔姑姑告诉我，我马上就能见到她了。她等着介绍我们姐妹俩认识，并确保凯瑟琳和我见面的时候不会喝酒。当然，凯瑟琳从来没有当着我的面喝过酒。

醉酒加啜泣的情节不断上演，如同划过暗夜的闪电。我会陷入昏睡，第二天早上醒来时头痛欲裂，但完全想不起自己为什么会哭。一波接一波的泪水将我推回岸边。我安然无恙，再次在钢丝上找到了平衡。

这种情节不是每天都会上演。看着镜子里的自己，看着酒精和泪水在脸上留下的痕迹，我被吓到了（虚荣！太虚荣了！）。我太注重自己的美貌，不敢冒险继续这么下去了。恢复清醒后，我会努力抑制喝酒的冲动。但随着时间的流逝，同样的情节又会重演。

我迫切需要找个人聊聊。但遭到莱奥波德的背叛和欺骗后，我发现他不再是我崇拜、信任和爱戴的天神了。

我害怕自己会失控，所以去看了心理医生，就是前面提到的麦金尼医生。在治疗过程中，我问他觉不觉得我跟父亲和姐姐一样是酒鬼。

"不，"他说，"你太热爱独立了。"

子："你觉得妈妈是酒鬼吗？"我和卡特还在上高中的时候，他就这么问过我。

他竟然大声说了出来，我大吃一惊，不知该怎么回答。在此之前，我们从来没聊过这件事，都只是沉默以对。我惊讶的是,他竟然用了"酒鬼"这个词。于是，我直接无视了这个问题，后来也没有跟他聊过这个。他被我的沉默敷衍了过去，也就没再提起这个话题。

您有酗酒的毛病，这让我很难信任您。我每天放学回家，都不知会看见什么。我害怕跟您去任何地方，担心您会喝得醉醺醺的，无论是在飞机上、餐厅里，还是派对上。您会变成另外一个人，这让我既害怕又生气。我不知道您有没有意识到自己在做什么。我猜您没有，但我也不确定。

如果您头天喝多了，第二天就会装作若无其事，仿佛什么事也没发生过。那给我们的生活增添了危险和恐惧，让我觉得离您越来越远。

即使到现在，写下这几句话的时候，我都能感觉到那种恐惧。我至今还记得那种感觉。长大成人后，我一直在努力摆脱那种感觉。

母：你现在这么信任我，说出了多年来对我酗酒的看法，这对我来说意义重大。我无法想象你迈出这一步需要多大的勇气。考虑到我们现在这么亲密，你说出这个不光需要勇气。

卡特去世已经二十七年了。从那时起，我遭遇了无数艰难困苦，但已彻底摆脱了酒瘾。九十一岁的我，肝脏和心脏都很健康。我一辈子都是这样。我不是酒鬼，而是工作狂。

对于许多年前发生的事，我非常抱歉。我这个母亲做得很失败。像大多数人一样，我的失败也源于童年经历。既然现在你已经了解我的经历了，希望你能理解它们源自何方，并发自内心地原谅我。

通过你所做的一切，你已经证明了：尽管我这个母亲做得很失败，你仍然能克服重重障碍，顺利脱颖而出。

前段时间，你问我："您觉得自己像您母亲吗？"

我告诉你，我根本不了解她，不知该怎么回答。

说实话，答案是，也许我确实挺像她的。

子：我并不觉得您失败了。我当然理解它们源自何处，比以往任何时候都理解。就像之前说的，我为您骄傲。我当然不觉得现在的您像您母亲。也许您以前挺像她的吧。虽然她很少出现在您的生活中，但您怎么可能不像她呢？不过，您走出了自己的人生道路，打破了您出生之前就存在的怪圈。

您一辈子做了那么多事，激励了那么多人。您开明而坦诚，会主动跟别人联系，这是您母亲永远做不到的。

母：我们从来没有聊过"宽恕"这件事，我不知道你对这个问题是怎么看的。但每当想起朵朵教我的主祷文，我仍然会露出微笑。每天晚上临睡前，我都会跪在床边默念一遍："主啊，请宽恕我们的罪过，犹如我们宽恕那些得罪过我们的人。"

我当时不懂是什么意思，但现在明白了。尽管我一辈子都纠结于此，但现在终于明白了，宽恕比我想象的容易得多：不管你和别人存在什么问题，不妨换位思考，从他们的角度想一想。

只要你这么做，就会发现事情并不是非黑即白，非善即恶，你就能谅解得罪你的人了。只有弄清善行或恶行来自何方，行为或动机源于何处，你才能原谅对方，彻底放下。大多数孩子都相信，伤痛、死亡或离异是自己导致的，虽然他们并不明白究竟是怎么回事。他们会觉得那是自己的错。我当然相信，儿时发生的一切都是我害的。母亲和姑妈的监护权争夺战让我充满负罪感，虽然我也不明白是为什么。我还觉得，母亲是同性恋，这也是我的错。

那些东西是很难放下的。我花了好多年时间，才谅解她带给我的痛苦，放下让我纠结了一辈子的负罪感。自从我发现，父亲四十五岁时因酗酒去世，同父异母的姐姐凯瑟琳四十岁时因酗酒撒手人寰，这种负罪感就一直萦绕在我心头。

最后，我终于想通了。这不是我的错。我希望情况能有所不同，但我已经尽力了。面对同样的情况，任何人都不可能做得比我更好了。

最理想的情况是，我能接受自己或别人的失败，不再为此感到痛苦。最糟糕的情况是，我不得不承认，愤怒的恶魔仍然潜伏在我内心深处。我年纪大了，没法逐一纠正做错的事了。剩下的时间不多了。

子：我从来没听您提起过"愤怒的恶魔"。这让我挺惊讶的，因为我自己也常常感觉怒火中烧。不过，这件事我只告诉过寥寥几个人。

那不是您之前提过的"生存之怒"，而是为失去爸爸和卡特而愤怒，为老天的不公平而愤怒。它就像为跨海巨轮提供动力的锅炉，但不需要人照料，也不需要人添煤。那股怒火一直熊熊燃烧，领我驶过平静的海面，带我穿越狂风和暴雨。

母：是的，它和"生存之怒"不一样，但冥冥之中或许有联系。对我来说，这股怒火针对的是过去发生的许多事。为母亲对葛尔姑姑发动监护权争夺战而愤怒，为我小时候所处的位置而愤怒。要是母亲没有那么做，让我留在姑妈家，一切都会截然不同。我成了一场本不该发生的战争中任人摆布的棋子。

我看不起顾影自怜的家伙，也从不顾影自怜。但那股怒火始终存在，在我内心深处熊熊燃烧。

子：我现在明白了，爸爸去世的时候，我对您的了解还太少。我一直以为，我更像爸爸，和您没有太多共同点。事实上，是因为我长得像爸爸，别人才觉得我们处处都像。

"伙计，那孩子简直是你的翻版。"爸爸带我和卡特去密西西比州的时候，他的姐妹们常常这么说。我知道，您听了会大受刺激，仿佛您在其中扮演的角色无足轻重。

现在我明白了，我和您像极了，而且一直以来都是如此。这让我感觉和您更亲近了。

我也许长得像爸爸，但绝对是您的儿子。我们有同样的动力和决心，同样的怒火和不安分的内心。发现您也有同样的感受，看见它对您的帮助和阻碍，这让我如释重负。

母：用十九世纪英国女诗人伊丽莎白·巴莱特·勃朗宁的话来说，就是："我永远爱你，正如永远无始亦无终。"

但我们真的很像吗？

有时候，我根本意识不到这一点。你完全就是你爸爸的翻版，不光是长得像。你也重视他极为重视的标准，那些标准有时候会让我觉得难以忍受。

不过，还有些时候，没错，我们确实一模一样。我们同样敏感、冷静、克制，只会向别人展现我们希望表露的那一面。

我们拥有独特的天赋，能在不同的人面前展现出不同的模样。我们不爱八卦，值得信赖，能为家人和朋友保守秘密。我们会一起看电影，分享爆米花，享受生活的乐趣。我们不会拿微不足道的小事给对方增添负担，也不会大泼冷水打击对方的积极性，只会时不时就紧迫事宜给对方提供建议。无论是什么问题，你都会为我提供简洁、睿智、经过深思熟虑的解决方案。我则努力以同样的方式回馈你。

我们都会花许多时间安排自己的生活，在脑海里分析各种各样不同的选项。幸运的是，你的想法比我的更切实际，更可能成为现实。而我呢，至今深受儿时读过的童话故事的影响。尽管如此，我还是将它们视若珍宝，因为从很大程度上说，是它们激发了我的创造力。

我们都是不安分的家伙。事实上，我们永远不会停下前进的脚步。世上很少有东西能让我们母子俩感到满足。似乎总有东西在召唤我们。它就在那儿，在拐角那头，在视线之外。我们只需要快步奔向前方。

我一生渴望真爱，也遇见了不少。我拥有太多，却仍不知足，因为始终没有切中要害——从小缺少父母的关爱。我的心灵姊妹苏珊·桑塔格对此知之甚详。

安迪，幸运的是，我们在这一点上不一样。尽管你十岁丧父，但你心里明白，从你呱呱落地的那一刻起，爸爸就一直是你坚实的后盾。他全心全意地爱着你和卡特。虽然只有短短的十年，但足以让他把价值观传递给你，将你塑造成现在这样的男子汉。儿子，你让我生命中的每一刻都如此珍贵。

子：几年前，我问您是怎么熬过生命中的无数伤痛的。

您说："我想象内心深处有颗坚硬的钻石，什么也伤不了它，什么也压不垮它。"

这不是自我吹嘘，而是陈述事实，虽说这话听起来有些伤感。

现在，您还觉得内心深处有颗坚硬的钻石吗？随着时光的流逝，您当时的想法变了吗？

母：随着死亡的临近，我不再想象内心深处有颗钻石。相反，我会想象月光洒在午夜平静的海面上。

大海的另一端传来一个声音："请宽恕我。"那是我自己的声音。但我不是在祈求"我们在天上的父"，而是在呼唤被我伤害过的人。他们自己知道是谁。我在祈求他们宽恕我，正如我宽恕那些伤害过我的人。

"天父，请赐福予我，因为我罪孽深重。"很久以前就被抛在脑后的话，如今又浮现在我的脑海中。在我看来，这不是忏悔，而是承认自己犯下的错。你可能会像我一样，发现活得久了，时间就变成了一幅巨大的拼图，缺失的碎片不但会意外出现，还会不可避免地各归其位，就像字母表里 B 排在 A 后面一样。哎，既然时间已经不够了，不可能纠正犯下的每个错了，那痛苦和悔恨又有什么意义呢？我活得够久了，能理解和原谅过去的自己,也从中得到了安慰。

三十年前的我不可能写下这种话。这就是我为什么喜欢老去。从许多方面来看,老去能给予你自由。随着时间的推移,我明白了事情为什么会发生,结果为什么会是那样,这让我能够原谅自己。

但这是非常痛苦的,因为等你走到生命中的这个阶段,就知道剩下的时间不多了,没有回头路可走了。我无法改变已经发生的事。

> 巨手挥毫永不停,
> 天定命数难删移。
> 虔诚机巧皆无用,
> 涕泪淌尽亦枉然。

这是古波斯诗人莪默·伽亚谟写下的诗句,他说得没错。这就是年华老去带来的问题:命数已经写就,任谁也无法删改。但这无法阻止我去尝试。随着年华老去,最令人意想不到的事发生了——我和爱过并失去的人关系改变了。这有点儿像改写故事。

记忆中让我恐惧的那个母亲,变回了我儿时渴望博得关注的精致美人。如今,她的肖像画就挂在我家客厅里。我从旁边走过,心中无比满足。虽然她当时不在我身边,但现在在了。对我来说,这就足够了。

朵朵是我真正爱过的人,从小到大一直陪在我身边,但她现在不在了。我和她的结局并不美好,只留下无言的痛苦。但她存在于照片和多年来写给我的信里,这就足够了。

最后要说到姥姥,女版拿破仑,整件事的幕后策划者。她引发了一场混乱,对她的至亲至爱影响深远。她的"生存之怒"是对金钱和社交的热爱,我对此并不欣赏,但这无关紧要。我一如既往地爱着她,直到永远。她过去常对我说,如今我也会对她说:"我们血脉相连。"

六　生活：爱就是一切

子：小时候，我有时会看见您眼中掠过悲伤的阴影，现在有时还会看见。今年和您聊了这么多之后，我突然明白了那片阴影来自何方。

您知不知道，每次您说完话以后，常常轻声重复刚大声说过的话？

我以前不明白您为什么这么做，但现在明白了。您在回顾自己刚说的话，在心里反复咀嚼。这说明，即使在和别人交谈的时候，您也经常陷入思考。

从这个角度来看，我们母子俩很像。但我通常是思考未来，您则是回顾过去。真希望我们能跳出这个怪圈，学会活在当下。不过，这对我们来说都不容易。

母：既然我们已经聊到这个了，我希望我们都能做到这一点。但你说得对，我总爱重现过去的某些时刻，想象要是能修改一下就好了。在我看来，有些经历在脑海中重现的时候，要比第一次发生的时候更真实。当然，最好还是关注此时此刻，就像你说的"活在当下"。

重建过去的场景也是年华老去的副作用。年轻的时候，这种事很少出现。因为时光长河滚滚向前，每分钟都有新鲜事发生。如今，回想过去的痛苦场景时，我会把它变得比较容易接受。我会加以调整，改变事情经过，给故事一个快乐的结局。但有时我也会难以承受，不得不停下来。

你也会重建过去的场景吗？

子：我会回想过去发生的事——根本不可能不想嘛——但更多的是想象未来的模样，想象不可预知的未来。我总是忙着规划，未雨绸缪，为接下来、再接下来可能发生的事做准备。我觉得，回头看过去发生的事实在太痛苦了。在我看来，过去是无法再创造的。

我有好几个抽屉的照片，都是童年时的快照。我反复告诉自己，总有一天会回头翻看的，但直到现在还没迈出那一步。我就像在整理证据，类似记者为报道收集资料。但就目前来看，我觉得打开抽屉还太难。

母：呃，真希望我能看得更长远些，能像你一样思考未来。我从来没有想过，自己竟然能活过九十高龄。真是令人不可思议！就算我的脑海里冒出过这个念头，我也天真地认为一切都会一成不变。哇，真是个惊喜！当然，一切都不一样了。少了在钢丝上摇摆不定，少了在楼梯上跑上跑下，多了许多认真思索。

过去，女人会编造故事，谎报年龄。姥姥直到去世的那一天，都在巧妙地回避事实——她已经八十六岁了。想要留住时间的脚步，不过是一种无伤大雅的执念。

人们信心满满地希望，可以控制面孔和身体的衰老，这种执念令人嘘唏。如今，人们可以延缓衰老，但老去仍是不可避免的。不过，内心深处仍然可以青春洋溢，这能超越岁月带来的酸楚、疼痛和关节的咯吱作响。请记住这一点。

写下这句话的时候，我伸长双腿躺在沙发上，看着雪花飘过客厅的拱窗。回顾自己的一生时，我又变回了走钢丝的杂技演员，镇定下来，停下脚步。我闭上眼睛，深吸了一口气。吐出那口气之后，我已不再是杂技演员，保持平衡不再是我的关注点。我终于找到了自由。我马上就要九十二岁，但此时此刻，我感觉青春永驻。

子：您会不会经常想到死亡？多年来，您多次和我聊起死亡。许多人会说，他们不想成为别人的负担，或是和孩子讨论"生前遗嘱"，或是叮嘱孩子"别让我起死回生"，但您说的要详细具体许多。

您说起过，要用自己的方式结束生命——如果再也无法享受生活，您就会服药自杀。

过去，这会让我很紧张。但这么多年来，随着目睹的死亡越来越多，我懂得了，没有人能预测到死神临近时自己的反应。人们只会笼统地说起希望自己的生命如何终结，但随着时间的流逝，随着死亡变得越来越清晰，他们的想法也会随之改变。

母：今天早上醒来后，我想到，自己本可以就这么一睡不醒的。不过，我已准备妥当，就差动身了。喝清晨第一杯咖啡的时候，我突然意识到，人生最初是一条向上的直线，但随着年华老去，它开始向下弯曲。随着时间的推移，它变得越来越弯。我们咽下最后一口气的时候，那条线构成了一个完整的圆，回到旅程的起点。无论我们怎么提前规划，都没法确定这个圆何时会闭合。它可能在任何时刻闭合（是的，可能在喝完这杯咖啡或写完这句话之前，我就撒手人寰了）。无论我们年方几何，死神都在并不遥远的未来耐心等待。此时此刻，他就在那里默默等待。接受这个事实后，我对死亡有了全新的看法。真希望我能早点意识到这一点。

无论怎么打除皱针，时光都是不可逆转的。从我们出生的那一刻起，它就在稳步向前。

"前进，前进，前进，男孩们在前进！"它的目的地不是秘密。

大导演伍迪·艾伦写道："与其活在人们心中，我宁可活在自家公寓里。"嗯，我就在这里，活在自家公寓里。我并不害怕，只不过死神可能来得比我想象的快。我还没准备好呢。

如果不是在睡梦中安然逝去,我也打算安静地踏进死荫之地,不要踢打,不要尖叫,而是用万无一失的药物达成目标。我有勇气这么做吗?如果我身患重病,也做好了准备,这会是后备方案之一。

有时候,当我心中充满绝望,会想要结束自己的生命,但我从没想过抛下你们兄弟俩,让你们背负"不知为什么会这样"的重担。

阴郁的念头转瞬即逝。新的计划会出人意料地冒出来,新的冒险会把我拽回日常生活。想象力会掌控大局,赋予我力量,让我修改和重建眼前的场景。要不就是我转过街角,看到了某件美好的事物,或者某个出色的人向我跑来,张开双臂,准备将我搂进怀中。

我希望能在世上多待一段时间,不过还是得说说关于葬礼的一些想法。我不希望你到时候毫无头绪,绞尽脑汁地想"她该穿什么下葬呢?"你什么也不用担心,事情都安排妥当了。

我希望被火化,请你把一把骨灰撒进你爸爸的墓里。我去楠塔基特岛探望作曲家尼德·罗雷姆的时候,看见他桌上有个玻璃瓶,瓶上贴着标签,里面装的像是白色的小鹅卵石。

"那是什么?"我问。

"我父母的骨灰。"他回答。这是我第一次意识到还能这么做。我一直以为骨灰是黑乎乎、脏兮兮的,就像木柴烧尽后壁炉里的煤烟。事实证明,骨灰不一定是那样的。真希望我能早点知道,这样你爸爸和卡特也可以这么办,我们就能把他们的骨灰放在身边了。

我把这个消息告诉了南希·比德尔。她儿子去世后,她把一些骨灰珍藏起来，从中得到了安慰。如果你感兴趣的话，可以找个罐子留下我的一些骨灰。如果没兴趣，那也没关系。选个阳光灿烂的日子，把剩下的统统撒进海里就行。

我想过不办宗教仪式，但也许还是有必要办的？这完全取决于你，越简单越好。我希望你想怎么办就怎么办。

如果你想在教堂里举行葬礼，最适合的也许是圣雅各大教堂，因为那是卡特举行坚信礼的地方，也是他举行葬礼的地方。如果法兰克·E. 坎贝尔殡仪馆里有敞开式的棺材，请给我穿意大利设计师福图尼设计的长裙（黄色的那条就挺不错），它放在我公寓雪松衣橱里的一只箱子里。请亚树给我做发型（"虚荣，虚荣，一切都是虚荣！"），麻烦他找个人帮我化妆——我不想让殡仪馆里的美容师动手。如果亚树和他的美容师抽不出时间，请让我的好友娜迪娅·卡罗从旁监督。她知道该怎么做。

在悼念仪式上，我希望我的一些朋友能说上几句。请让我的好友朱迪·柯林斯唱赞美诗《奇异恩典》。

子：老天啊，我想您还会在世上待很久的。不过，我绝对会照您的意思办。

我们已经聊过宽恕和失败了。您会经常觉得悔不当初吗？

母：对，我们来说说悔恨吧。安德森，说到这个，我来唱首歌给你听。有一回，我没敲门就闯进了姥姥的房间，她就在唱这首歌。她神思恍惚地站在那儿，背对着我，望着葛尔姑姑客房窗外的滂沱大雨。

她左手的无名指上戴着丈夫送的礼物，三颗圆形钻石代表她的三个女儿——葛洛莉娅、塞尔玛和康斯薇洛。她边唱歌，边用深红色的指甲轻轻敲打窗台。

时光如水，

爱情易逝，

青春难买……

她的脸紧紧贴在窗户上，就像要压破玻璃，好让雨点打在脸上似的。接着，她哼了一段旋律，又唱了起来。

梦想，梦想与遗忘，

痛苦，恐惧，无益的悔恨，

飞吧，飞吧，美人啊，张开闪亮的翅膀。

我听得好难过，好想哭。不过，我没有哭，只是跑上前去，张开双臂搂住了她。我亲爱的、勇敢的"女版拿破仑"姥姥哪去了？

"好了，小不点。"她说，"好了，好了，我们都别消沉了。一切都会好起来的!"

我对她的话深信不疑。

子:真希望我能像女歌手伊迪丝·琵雅芙那样放声高歌,说自己此生无悔。但我确信,就算是那位"巴黎夜莺"也有悔恨。不然,她为什么要拼命否认自己有过悔恨?我最后悔的是没能跟卡特更亲近一些,没有跟他分享生活中的感悟。那也许会改变他的做法。我总以为,等我们长大独立后,我们兄弟俩会变得更亲近。我以为时间还多得很。

母:对我来说,悔恨清单实在太长,我都不知该从何说起了。

这么多年之后,我回顾自己做出的选择,才发现有多少是做错的。当时,它们似乎是明智之举,甚至是成功之举。

但重要的是,我为自己走过的那条路感谢上苍。我不想再走一遍,但很高兴我一出生就得到了上天的馈赠,不但能给予爱,也能收获爱。我渐渐相信,爱才是最重要的,而我收获的已经太多。

因此,感谢上帝,感谢摩萨莫——这个叫法来自威廉·詹姆斯的力作《麻醉剂的启示与哲学的主旨》,你还记得吗?

说到底,我不想错过生命中的任何一刻。呃,好吧,也许错过一两个也好。如果你相信轮回转世的话,谁知道呢,说不定我们还会再见面的。但这一次,安迪,我保证会做个好母亲。

我给你发过一封写给早逝父亲的信。我觉得,最好给十七岁的自己也写一封，希望能在我去洛杉矶探望母亲之前寄到。那次原计划两周的探母之旅改变了我的人生轨迹。

葛洛莉娅：

对你来说，幸福的水面下藏着一条恶龙。如果它仁慈地呼呼大睡，你不会意识到它的存在，但它就在那里。住在巴黎的时候，那些深夜里，你躺在床上，紧张地侧耳倾听。房门半开的浴室里传来姥姥和朵朵的窃窃私语。恶龙从那时起就潜伏下了。

但现在呢？

我很高兴地告诉你，我已经成了自己头脑、精神和灵魂的主宰，能够驾驶航船穿越大海，无论海上是波涛汹涌，还是风平浪静。然而，恶龙并不缺乏耐心。虽然你看不见，但它一直在漆黑的深海下游弋，紧紧跟随我的每一步。当我开始写邮件给安德森，跟他讲述过去发生的事时，我能感觉到恶龙加快了速度。你还没有意识到，但我现在明白了，我的人生就是一段漫长的追寻之旅，只为扼杀这头怪兽。

但也不用太担心，别太难为自己了。我将恶龙化敌为友，你也可以做到。像这样的朋友住在远方，你会时不时联系一下，只为提醒自己，你已经走过了多么漫长的旅程。

正如俗话说的，在我"翘辫子"之前，还有一些事想要一吐为快。这么做不会改变任何事，但也许能让我感觉好一点。啊，没错，那就是姥姥在歌里唱的"无益的悔恨"。

所以，听好了，葛洛莉娅，我要告诉你，如果你及时读到了这封信，我的人生会是什么样的。

首先，我建议你尽快找个导师——最理想的情况下，是个你能信任的女人。你需要这样一个人，她拥有丰富的人生经验，愿意敞开心扉听你倾诉，能跟你讨论你内心熊熊燃烧的怒火。你身边缺少这样的人，而且做事总是太冲动。

我还记得，特别是我年轻的时候，常常希望自己根本没被生下来。但请咬牙坚持下去，我保证那种时候会过去的。

去上大学，然后去巴黎学艺术。别刚满十七岁就匆匆踏进婚姻的殿堂。等你长大一些，准备好了组建家庭，那时再结婚也不迟。到那个时候，你才会明白自己是什么样的人。现在，虽然你觉得自己明白，但其实根本不明白。

说到结婚，我应该算个专家了。虽然我觉得自己一点都不像，但确实可以提几个建议。

别急着结婚。直到你百分百确信你愿意和某人共度一生，再做选择也不迟。多花点时间和他相处。跟他一起外出旅行。旅行是了解一个人最好的方法。

另外，去爱和你同龄或年纪相仿，拥有同样的价值观，能在同一层面上交流的人。不要为了迎合别人，就扭曲自己的想法、感受和价值观。你是怎么想的，就怎么说出来。这一点真的非常重要，唉，这也是我做得最失败的。

当然，性生活和谐也很重要。从长远来看，性生活时有时无，但咬牙忍着吧。保持忠贞，这会让你比现在更幸福。

噢，嫁给能让你开怀大笑的人吧。也许这才是最重要的。

还有别的悔恨吗？我后悔在该说"好"的时候说了"不"，在该说"不"的时候说了"好"。

我后悔那么多年没和母亲联系，而跟她和解后，又没有谈论过我们母女之间发生过的事。

我现在明白了，从精神层面上看，我和葛尔姑姑的联系比和母亲紧密得多。但我和葛尔姑姑一直不够亲，所以没能意识到这一点。这又是一大遗憾。

我后悔伤害了西德尼·吕美特好几次，但他知道我曾经爱过他，直到今天仍然爱着他，这让我松了一口气。最重要的是，我后悔没有读天主教慈善会寄来的那封信，就把它撕碎烧掉了。他们来信是为了提醒我，朵朵已经不久于人世。因为我的自欺欺人，她临死的时候，我没能陪在她身边。

虽然我一向对自己很苛刻，觉得没资格给别人提建议，但我相信一样东西，那就是爱。

爱就是一切。

尽管我身上发生了这么多事，我还是相信爱。或许正是因为发生了这么多事，我才如此确信。一个人能"太过"爱别人，"太过"信任别人吗？我觉得不会。对我来说，爱和信任才是世间真谛。它们很少让我失望，除非我没有听信自己的直觉。

即使到了现在，我也深信，世上有真爱在找寻我，正如我也在找寻他。在找到那个人之前，你会匆忙走过许多没有结果的路。那些都是测试，你可以通过它们了解自己，弄清你到底是什么样的人。在你寻找的那个人出现之前，会有许多王子在被你吻过后变成青蛙。

当你最终找到真爱后，请对他百分百坦诚，将一切毫无保留地告诉他。不光是美好的愿望，还有深层的恐惧——生怕自己承受不了"让别人幸福"的重担。

向彼此展示，你们不但相爱，而且互敬。向对方解释你的价值观，但两个人都必须乐意做出妥协。相信你们共同创造的生活才是最重要的。你们会竭尽全力把梦想变成现实。

前段时间，我读到了苏格兰作家伊恩·麦克拉伦写的一句话。他是这么说的："请善待他人，因为你遇见的每个人都在打一场恶战。"

你或许看不见别人在打的恶战，或许觉得他们都自信满满，根本不懂悲伤或恐惧。但请相信我，他们都懂。因此，请善待他人。

多加留心！

葛洛莉娅

子：有人告诉我，机智比善良容易做到，我觉得这话说得太对了。所以，我往悔恨清单里添了几条。有些时候，我选择了机智，而不是善良，通常都是以牺牲他人为代价的。

我们是从您九十一岁生日那天开始聊的。如今，再过几个月您就要九十二岁了。作为记者，我尽量不去问"感觉怎么样"这种蠢问题，但您对人生的看法有改变吗？

母：活了这么多年，我已经变成了我从未有过的父母。就像玩俄罗斯套娃一样，每当你掀开外面的一个，就会在里面发现一个更小的，直到最小的那一个——你自己。

随着年华老去，岁月开始让人顿悟。阳光灿烂的日子里，它就在我们在路面上投下的阴影中。车水马龙的街道上，它就在街边橱窗映出的影子里。

那是谁呀？

那是小时候渴望长大，觉得长大就意味着独立自主、掌控一切的女孩吗？我从十一岁到十六岁，每天从黎明到黄昏，都觉得日子看不见尽头。那时，我多希望获得自由，飞上那道似乎遥不可及的彩虹。

当然了，安迪，在你眼中，我肯定是老态龙钟了。但我向你保证，我在自己眼中可不是这样的。毫无疑问，你会觉得我只是不肯承认，但事实并非如此。

站在桥上往下看，会是什么感觉？说实话，感觉好极了。我并不急于纵身跳进诗人斯温伯恩笔下那"纵使长透迤,终将入海流"的河川,而是好奇接下来会发生什么事。随着年华老去,我收到了意想不到的馈赠。往昔的悲剧渐渐淡去,虽然尚未被彻底遗忘,但已经比过去容易承受多了。

我从小自卑,缺乏安全感,这在很大程度上得到了化解。我相信自己,精力充沛,保持活跃。光是去年一年,我就办了三场画展。我有亲密的家人和忠实的朋友。我爱美,相信浪漫故事,相信好事会在最意想不到的时候发生……电话响起,你的人生会在眨眼之间大变样(当然,是变得更好)。

这一切也许听起来像"飘在空中的馅饼",但有何不可呢?这不比扎根地面的玫瑰好?!玫瑰只会片片凋零,因为缺水而枯萎。相比之下,飘在空中的馅饼(我要选天使柠檬蛋白小甜饼)不是更活力四射,更给人安慰,更鼓舞人心吗?!

哦,别说我是个无可救药的乐天派。我们都遇到过这样的时刻,或是心痛如绞,或是心死如灰。但请保持冷静,瞧瞧镜子里的自己。请不要哭。这些时刻是重生的起点,是重塑自我的机会。

"彩虹时隐时现。"英国诗人华兹华斯是这么写的,噢,他说得太对了。

子:"彩虹时隐时现。"

我喜欢这句诗里淡淡的无奈——你必须接受,事物并不总是美好的。

对我们所有人来说，彩虹都是时隐时现的。但您最了不起的一点是，就算看不见彩虹，您仍相信它就在不远处。即使在最黑暗的日子里，您仍然会大步前进，追寻彩虹。您一向如此。您相信彩虹总会出现的，新的冒险就在拐角处——某个有船的男人可能会载你去法国南部，某个创意计划可能会变成做生意的金点子。

您也知道，我是个现实派，甚至可以说是悲观派。我更喜欢从悲观角度解读这句诗，总是为最坏的情况做准备。

您当然不是无药可救的乐天派。我一直对那种人持怀疑态度。但您不屈不挠，下定决心要找到彩虹。正因为如此，您一直是我认识的最新潮的人。

母：知道彩虹时隐时现，反倒让我觉得安心，让我能够接受世事无常。

人的一生中都有美好的瞬间。但接下来，你就会掉进幽暗的洞穴，里面缺少色彩，不见天日。随后，彩虹出现了，尽管有时只是短短一瞬间，但它总会出现的。即使在最黑暗的时刻，你也必须相信彩虹总会出现。这份信念才是最重要的。

没有什么是恒久不变的。人的生命转瞬即逝。我们在身边堆满财物，囤积东西，试图抓牢某人，追逐金钱地位，但这些都无法持久。

我们不可能永远幸福快乐。谁会想要那样？如果幸福变成了永恒，那它就失去了意义。如果你接受了这一点,那么坏事发生的时候,你就不会感到惊讶,也不会咬牙切齿地追问:"为什么是我?为什么这种事会发生在我身上?"

这种事会发生在你身上,因为这就是世事无常。没有人逃得过。

既然彩虹时隐时现,那何不及时行乐。在它隐去时无须惊讶,待它出现后纵情欢歌。

人生中有那么多值得开心的事,那么多种不同的彩虹:坠入爱河,共赴云雨,都是美得令人不可思议的彩虹;感受到友谊的温暖;和遇上困难的人聊天,说些对他有帮助的话;早晨醒来,眺望窗外,看见一棵树突然繁花盛开,就像我窗外的那棵——它带给了我多少欢乐啊!这似乎是琐碎小事,但彩虹也有大有小嘛。

我想起了电影《绿野仙踪》里小女孩桃乐茜唱的"青鸟高飞之处",还有男高音简·皮尔斯唱过的《幸福的青鸟》。也许青鸟永远也找不到,永远也摸不着,但没关系。我认为,追寻的过程才是人生的真谛。不是吗?

子:我不确定我会一直追寻下去。我知道彩虹会出现的。自然界中的彩虹总会出现,但你怎么能确定,彩虹出现的时候你会在旁边?我宁愿学会在黑暗中生存,好好存钱,购置必需品,为漫长的寒冬做准备。如果彩虹突然出现,那就是个叫人开心的惊喜。

要是我有您一半乐观就好了。过去我认为,我在交战地带和受灾地区待得太久，所以才会变得小心谨慎。但现在我不这么想了。早在当记者之前，我就非常小心谨慎。

从很大程度上说，是儿时丧父的经历塑造了如今的我。我知道您也是一样，但我们失去亲人后的反应截然不同。我变得更加独立。我告诉自己，不管发生什么事，我都要靠自己的力量活下去。我要向自己证明，即使彩虹再也不出现，我也能好好活下去。

母：我觉得你的做法比我的靠谱。当然了，我并不提倡别人走我的老路。要是我为人更现实一些，也许就不会犯下那么多可怕的错误，不会信任那些不值得信任的人了。

正如前面提过的，我不是个乐天派，但生来就心存希望。这两者是有区别的。这是我与生俱来的特点，虽然对我并没有什么好处，但我也不希望变成别的样子。我觉得自己能活得这么开心，就是因为乐于接受新挑战，而且结局也并不总是那么糟透。

信任别人的好处在于，你不会变得铁石心肠。这正是我想要的。我不喜欢铁石心肠的家伙。时刻都敞开心扉，生活才会丰富多彩。

但坏处在于，你可能失去一切。有些时候，我差点就失去一切了。

记得朵朵对我说过："葛洛莉娅，你根本不了解这个世界。"

当时，我并不明白她在说什么。如今，我真希望自己当时追问下去。

安德森，你在新闻界打拼，对世界的了解比我多。因此，你比我多疑得多、警惕得多。但尽管目睹了那么多惨剧，你仍然没有变得铁石心肠，没有失去一丝一毫的人性、正直和怜悯心。

虽然我们的出发点不同，但最终结果是一样的——对其他人和其他观点持开放态度。敞开心扉信任他人是我的天性。直觉是我唯一追随的指南针。它有时能指明方向，有时也会偏离正轨。

现在，我了解了这个世界，了解了它的好与坏，但还是愿意张开双臂拥抱它。就算遭遇伤痛、失落或背叛，这么做也是值得的。没错，一切都是值得的。

最重要的是心存希望，这样才能好好活下去。

我从没想过，彩虹可能永远不会再出现。正如你说的，我只知道有一艘游艇，至少是一条大划艇，在地中海等着我。有朝一日，我会和所有我爱过的人一起登上那条船。当然，你也是受邀嘉宾。你可以纯凭意志"心想事成"，就像祈祷一样。"希望"是个神奇的东西，能把梦想变成现实。

子：要是我能像您一样深信不疑就好了。每天晚上，我都会为我关心和担忧的人祈祷，但我不相信所谓的"心想事成"。我亲眼看见，许多人都盼着好事发生，但结果并不如人意。世界上有许许多多心存希望的人，但生活对他们并不公平。善良的人应该拥有比眼下更好的待遇。他们没法改变自己的人生轨迹，并不是因为不想改变。我相信意志的力量，但仅仅是因为它能促使我更努力工作。

并不是说我缺少梦想、希望或雄心壮志，但我宁愿靠自己的努力把它们变成现实。如果实在达成不了，我希望能平静接受。

我不愿想象有一艘游艇在某处等着我。我不愿想象不现实的东西。这么说听起来也许挺傻，挺没想象力，但我不希望因为心愿没能达成而失望。我宁可活在当下，活在现实中，学会接受眼前发生的事，而不是有朝一日可能发生的事。

我觉得自己的人生和事业还处于上升阶段。我还在学习新事物，把工作越做越好。但我担心有朝一日会失去这种感觉，担心过了巅峰期就会坠落。当然，这是不可避免的。那一天终究会到来，可能比我想象的还快。只希望到时候我能从容应对。

母：安迪，你活的年头越多，飞得就越顺畅。无论你选择追寻什么，天空才是你的极限。别担心"不可避免的坠落"。我的职业生涯也是在推出歌莉亚温德比①牌牛仔裤后才一飞冲天的。当时，我已经五十四岁了。相信我，你还有的是时间，大把大把的时间。

子：您的乐观精神让我钦佩。但通常看见积极正面的东西，我在心里都会打个折扣。这也许不是什么好习惯，但我总怕变得自满。

大学毕业后，我去河内学越南语。我发现，有些越南人认为，如果哪家的宝宝特别漂亮，你绝对不可以说："哦，老天啊，真是个漂亮

---

① "歌莉亚温德比"是葛洛莉娅·范德比尔特同名品牌的中文官方译名。

的宝宝。"

相反,你得说:"这宝宝真丑。小宝宝怎么能长这么丑?"

如果你这么做,恶灵就不会听说有个漂亮的宝宝,就不会把他带走了。我接受了这个迷信说法,还做了点拓展。对于自己或自己的处境,我从来都不会把话说得太满。为什么要吸引也许就飘浮在不远处的恶灵呢?

您告诉我,"天空才是你的极限",这让我只想敲敲木头,摆脱坏运气。您比任何人都清楚,转眼之间天就能塌下来。我希望为此做好准备。我可不想变成那种丢掉工作后茫然不知所措的人,也不想被更年轻、更聪明的人"长江后浪推前浪,前浪死在沙滩上"。我想为将来可能发生的事做好准备,无论那些事是好还是坏。

母:嗯,我明白那种恐惧,那是人自然而然就会有的感觉。但作为你的妈妈,我有权想象孩子会一飞冲天,拥有无限潜力。做妈妈的都会这样,都会希望孩子追求卓越!

今天,我收到了老校友普鲁登斯·盖哈特寄来的一封信。她在信里提的一些建议似乎对你更适用。她是这么写的:

> 别再纠结于出乎意料的悲剧和灾难。这么做纯属浪费时间,只会钻进死胡同。这样的追逐消耗能量,浪费精力。你总是担心可能出现的坏事,或是永远不会发生的事。冒出这种念头的时候,

把它一脚踢开就好了。只要你下决心去做，自然能做得到。

她说话一向这么雄辩有力，在我们上高中的时候就是如此。

请把她的话牢记于心，好好领会其中的含义。当然，我们每个人都必须弄清，成功对我们来说意味着什么。金钱、名望、升职加薪、别人的赞美？这些就是成功的定义吗？许多人都是这么认为的。但我相信，成功也有许多种：为自己的工作感到快乐，感觉自己做出了重要贡献，通过某种方式帮助了别人，创造出了能打动人心的东西，全心全意爱着某个爱你的人，建立了某种真挚的关系，奉献自身并得到了回报。

人们会用工作、头衔和工资来定义自己，但这些东西无法带来持久的成功和幸福感。

你爸爸是一位优秀的作家，但他从来没卖出过畅销书，也没有获得梦想中的名望。但他深知，生下你和卡特，养育你们，教导你们，和你们交流，才是他最大的成功，也是他最重要的成就。这才是让他活下去的意义，是他对抗死神的目的。

人们定义成功的许多标准——金钱、权力、名望、脸书上的"点赞"、推特上的"粉丝"——其实都毫无意义。那些东西是虚幻的。金钱可以让你独立，可你一旦开始追逐金钱，就永远都不会满足。无论有多少钱，你都不会心满意足，也不会得到安宁。

当无论你有多成功，彩虹都不能让你满足的时候；当你总是觉得，彩虹还能变得更鲜艳、更持久的时候，问题就来了。

我知道这千真万确。没错，你可以住进豪宅，买回奢侈品，供养心爱的人。这些当然很重要，对我来说也是如此，但这些东西并不持久，无法消除内心的失落和痛苦。

安德森，你有心爱的伴侣、精彩的事业、独立的生活，难道还能比这更幸福吗？

我想起了自己的经历，感叹人生的循环。我惊奇地发现，我嫁给莱奥波德·斯托科夫斯基的时候，就住在纽约格雷西广场十号，几十年后，我又跟你和卡特一起搬进了同一栋楼。现在，我住在你爸爸很久以前住过的一栋楼里。没有人知道将来还会发生什么事。

登上帝国大厦的楼顶，低头望向下方的街道。目力所及之处，能看到成千上万的行人。每个人都走在纽约街头，奔向自己的目的地。每个人都以某种方式与你我紧密相连。有些人意识到了，有些人还没意识到。

有个穿红色外套的女人拐过了街角。她也许今天傍晚就会死去。这是一场战争，没有人能够逃脱。因此，请善待他人。

在转换话题之前，我想写最后一封信。前段时间，你提到我们有同样的幻想，想象有朝一日会收到父亲的信。

我想给你写封信，等我离开人世后，你可以时不时拿出来看看。读这封信的时候，你会知道，我就在附近，比你想象的还要近。这不是我们想象中的父亲来信，但我希望它能让你想起我，想起我对你的爱。

亲爱的安德森：

你知道，我为你过去和现在做的事而骄傲。还有爸爸——他会多自豪啊！不过，他一直深信这种事会发生。看着他陪在你和卡特身边，看着他做父亲的模样，我恍然大悟。他向我展示了，对孩子来说，有父亲的生活是什么样的。

怀亚特·库珀是我这辈子遇见的最真诚的人。这反映在他的生活方式和价值观上，也反映在他娶我时想组建的家庭上。

我不但能感觉到，也发自内心地深信，你拥有同样的价值观。我迫切希望你也成为父亲。如果你也想的话，别等太久了。我和怀亚特谈婚论嫁的时候，头上已有了银丝。

"希望我们能做一对年轻的父母。"他说。我马上心领神会，开始染发。

你取得了那么大的成就，很难想象你会自我怀疑，而且是自发主动的。

但我非常理解，人无论取得多大的成就，都不会知足。每当这种不安分、不知足的感觉席卷而来，请记住大导演比利·怀尔德对男影星杰克·莱蒙说的："一个人到底有多棒，取决于他做过的最棒的事。"

安德森，就你而言，那就是棒极了。

至于你妈妈——从许多方面来看，她在成长过程中经常犯错，努力挣扎才没有沉入漆黑的大海。我只希望你能试着理解,试着原谅,因为我辜负了你。这当然不是我的本意。我很高兴地发现,到了人生的这个阶段,我们母子俩的关系已经和你们父子俩一样亲密了。这弥补了我过去的每一次失败。

成功和随之而来的金钱是很美好,但幸福的家庭生活才是最美好也最难实现的。好好考虑一下吧,让伴侣和家庭成为你成功的根基。认真考虑一下吧。谁知道呢,希望你成家的时候,我还能亲眼看见。

如果实在不行,请找一张我的照片带在身边,时不时拿给你的儿女看看。只需要告诉他们我的优点,告诉他们我有多爱你,还有我们一家人共度的欢乐时光。总有一天,他们会长大,拥有自己的家庭,收获同样的幸福。

在寓言故事里,主人公在彩虹另一端找到了一大罐金子。这是真的吗?我也不知道。只能说,我知道彩虹会出现,也会消失。说真的,这样还不够吗?

爱你的妈妈

后记

把梦想变成现实

随着妈妈九十二岁生日的临近，我们决定结束一年前开启的对话。但像这样的对话，一旦开启就永远不会结束。这几个星期，我们经常聊天，对彼此的了解比以往任何时候都深刻，都真切。过去的一年里，我们母子俩的关系发生了翻天覆地的变化。我对妈妈的看法完全不一样了，我知道她也有同感。

回想起一生中失去的那些人时，我会想起我希望问他们的问题，希望告诉他们的事。对于妈妈，我不会有同样的遗憾。为此，我心存感激。

前些天，她给我发了一封邮件：

> 女作家薇拉·凯瑟写道："他人的内心是黑暗森林，无论他和你的心贴得多近。"

> 通过这些邮件,我们的心贴得有多近?
>
> 至少可以这么说:比过去近得多,犹如光芒闪耀。

我不懂最后半句是什么意思,但喜欢它读起来的感觉。那句话深深印在了我的脑海中。

我打电话给她,问她九十二岁生日想做些什么。她说不想大肆庆贺。起初我有点难过,但马上就意识到,她再也不需要庆贺一年中的某一天了。活到九十二岁高龄,每一天都是对生命的庆贺——读一本新书,画一幅新画,或是回顾过往的经历。她每天早上醒来,都会花点时间许个愿,再爬起来,将梦想变成现实。

她生日那天,我去公寓接她。我们去做了一件我们母子俩很久没有一起做的事。过去,无论处境是好是坏,我们常常一起做那件事。

我们去看了场电影。

正如前面提到的,爸爸去世后,我经常和妈妈一起去看电影。母子俩共度几小时,把悲伤抛在脑后。

随着我渐渐长大,课业越来越忙,和妈妈一起看电影的机会也越来越少。但哥哥自杀后,面对即将到来的假期,我们不知怎么才能熬过去。我们都不想过感恩节或圣诞节,也不想过其他任何需要庆祝的节日。当你哀悼亲人的时候,公共假期和随之而来的贺卡和广告,只会让你想起内心的空洞和失去的一切。

因此,哥哥去世后,我们又开始一起看电影。接下来许多年里,我们就是这么度过假期的。圣诞节没有圣诞树,感恩节没有烤火鸡,也没有交换礼物,只是在漆黑的影院里相依相伴,花几小时沉浸在另一个世界里。

不过,妈妈九十二岁生日那天的电影之旅有所不同。电影开场前,坐在影院里闲聊和分享爆米花的时候,我突然意识到,我们不是在逃避痛苦的假期,而是在庆贺并肩走过的风风雨雨。

电影开场后,我不时会用余光瞄她一眼。我看见的不是九十二岁的老妇人,而是和"亲亲埃莉诺"一起看电影的十三岁少女,在幻想自己长大后的生活。

我还记得,我十三岁的时候,和她坐在同一家影院里。父亲骤然离世后,我们还在慢慢增进了解。哥哥去世后的第一个圣诞节,我们也坐在同一家影院里,在想该怎么熬过这一天。

电影结束后,我们慢慢踱回她的公寓。我们聊了一会儿电影,但大部分时间都一言不发,只是手挽手走在街头。我们没有必要开口。

我了解她。她也了解我。

她是我妈妈,我是她儿子。

彩虹时隐时现。

图书在版编目（CIP）数据

彩虹来了又走了 /（美）安德森·库珀,（美）葛洛莉娅·范德比尔特著；王岑卉译. -- 海口：南海出版公司，2019.3
ISBN 978-7-5442-9253-5

Ⅰ. ①彩… Ⅱ. ①安… ②葛… ③王… Ⅲ. ①回忆录－美国－现代 Ⅳ. ① I712.55

中国版本图书馆CIP数据核字 (2018) 第054211号

著作权合同登记号　图字 30-2018-045

THE RAINBOW COMES AND GOES by Anderson Cooper,
Copyright © 2016 by Anderson Cooper
Simplified Chinese translation copyright © 2019
by ThinKingdom Media Group Ltd.
This edition published through Bardon-Chinese Media Agency
All rights reserved including the rights of reproduction in whole or in part in any form.

彩虹来了又走了

〔美〕安德森·库珀　〔美〕葛洛莉娅·范德比尔特 著
王岑卉 译

出　　版	南海出版公司　(0898)66568511	
	海口市海秀中路51号星华大厦五楼　邮编 570206	
发　　行	新经典发行有限公司	
	电话 (010)68423599　邮箱 editor@readinglife.com	
经　　销	新华书店	
责任编辑	李玉珍	
策　　划	好读文化	
封面设计	林　丽	
内文制作	一鸣文化	
印　　刷	肥城新华印刷有限公司	
开　　本	850毫米×1168毫米　1/32	
印　　张	7	
字　　数	150千	
版　　次	2019年3月第1版	
印　　次	2019年3月第2次印刷	
书　　号	ISBN 978-7-5442-9253-5	
定　　价	45.00元	

版权所有，未经书面许可，不得转载、复制、翻印，违者必究。